국어시간에 소설읽기 1

국어시간에 소설읽기 1

김은형 엮음

Humanist

국어 시간에 가장 많이 읽는 책

전국국어교사모임은 신나고 재미있는 국어 수업을 만들기 위해 20년이 넘게 애써 왔습니다. 특히, 중·고등학생들이 읽을 만한 책이 없는 상황에서 학생들이 즐겨 읽을 수 있는 책들을 펴내 청소년 문학에 새바람을 불러일으켰습니다. 학생들의 눈높이를 가장 잘 알고 있는 현장의 국어 선생님들이 엮은 '국어시간에 읽기' 시리즈는 학생들의 관심과 흥미를 살폈을 뿐 아니라, 학생들의 삶이나 현실과 맞닿아 있어 공감을 끌어낼 수 있었습니다.

우리 모임에서 청소년 문학으로 낸 첫 번째 책은 김은형 선생님이 수업에 활용했던 소설을 모아 엮은《국어시간에 소설읽기 1》입니다. 이 책은 나오자마자 청소년 문학 베스트셀러가 되었습니다. 학생들의 눈높이에 맞는 책인지라 수업 시간에 가장 많이 읽는 책이 되었으며, 여러 권위 있는 단체에서 '중학생이 읽기 좋은 책', '중학생에게 읽기를 권장하는 책'으로 뽑았습니다. 우리는 이어서《국어시간에 시읽기》,《국어시간에 생활글읽기》 등을 차례로 펴냈고, 그 책들은 모두 현장 국어 교사들이 수업에 적극 활용하는 책이면서 학생들이 즐겨 읽는 책으로 자리 잡았습니다. 이후 아이들에게 더 많은 읽을거리를 제공하고 싶다는 바람으로 《국어시간에 세계단편소설읽기》, 《국어시간에 세계시읽기》, 《국어시간에 세계희곡읽기》 같은 세계 문학 선집도 엮게 되었습니다. 이 모든 읽을거리가 청소년들의 삶을 더욱 풍성하게 하고, 청소년들의 생각을 더 크고 넓게 해 줄 거라 믿습니다.

'국어시간에 읽기' 시리즈는 학생들에게 읽기의 즐거움을 맛보게 해 준 책입니다. 또한 청소년 문학 시장에 다양한 분야의 책이 나올 수 있도록 마중물 역할을 하였습니다.

'국어시간에 읽기' 시리즈를 통해 학생들이 세상을 이해하고 세상 속으로 한 걸음 나아가기를 기대합니다. 또한 우리 주변의 진솔한 삶의 이야기, 그 속에 숨어 있는 보석 같은 깨달음이 여러분과 함께하기를 바랍니다.

이 책들이 모든 사람에게 오래도록 사랑받기를 바랍니다.

전국국어교사모임

소설의 재미에 푹 빠져 보자

요즘 학생들의 읽기 능력이 많이 떨어진다는 말을 자주 듣습니다. 실제로 국어 시간에, 교과서에 있는 짧은 글을 읽을 때조차 집중하지 못하는 아이들을 흔히 볼 수 있습니다. 또 단원 관련 필독서를 골라 주고, 사서 읽으라고 하면 그 말을 따르는 학생은 거의 없습니다. 여기저기에서 좋은 책이라고 권하는 것들은 많지만, 학생들이 책을 읽는 모습을 보기란 쉽지 않습니다.

아이들 읽기 능력을 키우고, 책을 읽게 하려면 어떻게 해야 할까요? 방법은 간단합니다. 쉽고 재미있는 읽을거리를 던져 주어 읽기에 흥미를 붙일 수 있도록 하면 됩니다.

'국어 시간에 모두 함께 소설을 읽게 하자.'
'중학생의 눈높이에 맞는 소설을 골라 읽히자.'
'소설의 재미에 푹 빠지게 하자.'

《국어시간에 소설읽기 1》은 이런 목표를 세우고 출발했습니다. 이 책은 초판이 나오고 나서 최근까지 폭발적인 인기를 누려 왔습니다.

아마도 중학교 1, 2학년 눈높이에 맞춘 최초의 소설집이기 때문일 것입니다.

우리나라 학교의 문학 교육은 초등학교와 중학교 사이에 큰 차이가 있습니다. 동화의 세계에서 갑자기 어려운 성인 소설로 넘어가기 때문입니다. 이 책의 작품들은 동화의 세계와 성인 소설의 사이에서 건져 올린, 쉽게 읽히면서도 소설의 재미를 흠뻑 느낄 수 있는 것들입니다.

김유정의 〈이런 음악회〉는 음악회를 둘러싸고 벌어진 일을 주인공의 심리 묘사와 함께 재미있게 그려 내고 있습니다. 또 김문세의 〈까뻬〉는 연변 조선족 작가의 작품으로, 어미 없이 돼지의 젖을 먹고 자란 강아지 까삐와 살면서 벌어지는 놀라운 이야기가 가슴 찡하게 펼쳐집니다. 국어 교과서에 실려 있는 《책상은 책상이다》의 작가 피터 빅셀의 〈아무것도 더 알고 싶지 않았던 사람〉도 눈여겨볼 만합니다.

소설은 우리에게 진솔한 삶의 감동을 전해 주며, 상상의 힘을 길러 주는 훌륭한 서사문학입니다. 국어 시간에 함께 소설을 읽으며, 읽는 즐거움과 행복을 맘껏 누리기를 바랍니다.

김은형

차례

송아지

황순원

강을 반 남아 건넜을 즈음 돌이는 무심코 집 쪽을 돌아다보았다. 뜻밖에도 송아지가 외양간에서 나와 싸리 울타리 너머로 이쪽을 바라보고 있는 게 아닌가. 그리고 별안간 송아지가 버둥거리는 것 같더니 싸리 울타리를 뚫고 달려 나오는 게 아닌가. 고삐를 끊은 것이다. 송아지는 쏜살같이 언덕배기를 내려 이리 달려오는 것이었다.

이 이야기는 6·25 동란을 겪은 어느 시골 초등학교 어린이가 피난 때 자기 동무의 당한 일을 쓴 작문에 기초를 두고 있다.

(돌이네가 송아지를 사 온 것은 삼학년 봄방학 때였습니다.)

아주 볼품없는 송아지였다. 왕방울처럼 큰 눈에는 눈곱이 끼고, 엉덩뼈가 앙상하게 드러난 볼기짝에는 똥딱지가 더덕더덕 붙어 있었다. '어디 이따위 송아지가 있어.' 돌이는 아버지가 몇 해를 두고 푼돈을 아껴 모아 사 온 송아지가 기껏 이런 것이었나 싶어 적잖이 실망과 짜증이 났다.

그래도 한 달 남짓 콩깍지와 사초를 잘게 썬 여물에 콩도 한줌씩 넣어 먹였더니 좀 송아지 꼴이 돼 갔다.

그동안 돌이는 아침마다 송아지를 마당비로 쓸어 주었다. 어머니가 외양간이나 안뜰에서 쓸면 털이 장독에 날아든다고 하여 집 뒤 도토리나무 밑으로 가 쓸어 주곤 했다. 처음에는 나무에 고삐를 매고 쓰는데도 이리저리 날뛰던 것이 차차 익어져서 이제는 제법 의젓하게 가만히 서 있다. 아마 비로 쓸어 줄 때의 시원한 맛을 아는 모양이었다. 이따금 큰 귀를 쫑긋거리면서 눈을 가느스름하게 뜨고 있는 것이다. 똥딱지가 깨끗이 떨어져 나간 볼기짝을 꼬리로 슬슬 치면서.

어느 날 송아지의 코뚜레를 꿰 주었다. 코뚜렛감은 벌써 아버지가 장만해 둔 게 있었다. 노가주나무가지를 잘라다 불에 고리처럼 휘어 가지고 지붕 위에 올려 말려서는 칼로 껍질을 벗기고

옹이를 다듬고 하여 아주 매끈하게 만들어 두었던 것이다.

아버지가 앞집 아저씨와 함께 송아지를 데리고 방앗간으로 갔다. 거기서 뒷허리와 목을 방앗간 도리에다 잡아 매고는 앞집 아저씨가 엄지손가락과 둘째 손가락으로 송아지의 코를 그러쥐었다. 송아지는 큰 눈을 희번덕거릴 뿐 고갯짓도 못했다. 아버지가 신꼬챙이*를 송아지 코로 가져갔다. 코를 뚫을 참인 것이다.

돌이는 여기까지 보다가 그만 돌아서고 말았다. 매애매애애 하는 송아지의 코멘 소리가 들렸다. 조금 후 코뚜레 꿰는 일이 끝난 듯하여 돌아다보니, 송아지 코에서 피가 흐르고 눈에는 눈물이 고여 있었다. '저것두 사람처럼 눈물을 다 흘린다!'

집으로 돌아온 돌이는 떡갈잎으로 코피를 닦아 주려 했다. 송아지가 겁을 먹고 눈 흰자위를 드러내며 고개를 내둘렀다. "임마, 널 좋게 해 줄려고 그러는데 왜 이래."

저녁 때 여물은 어른들 몰래 콩을 몇 줌 더 갖다 넣었다.

뜯어 먹을 만한 풀이 돋자(돌이는 학교에서 돌아오는 대로 송아지를 데리고 방축으로 나갔다가 저녁때가 되어야 돌아오곤 했어요.) 돌아오는 길에 언제나 방축 밑으로 내려가 강물을 먹였다. 한번은 물을 먹여 가지고 다시 방축 위로 올라오니까 고삐가 팽팽해졌는데도 송아지가 자꾸만 앞서 가기에 코뚜레 꿴 코가 아플 것 같아 고삐를 놓아 준 일이 있었다. 그랬더니 막 달려서 혼자 집을 찾아가는 게 아닌가.

그로부터 돌이는 강물을 먹여 가지고 방축 위에 올라서서는 고삐를 놓아 주고 집까지 달음박질 경주를 하곤 했다. 언제나 이 경주에서 돌이가 졌다. 동네치고 제일 높은 곳에 있는 집까지의 언덕배기를 송아지는 단숨에 껑충거리며 달려 올라가는 것이다. 이럴 때 송아지 꼬리가 약간 뻗쳐지는 것을 재미있다고 생각하며 돌이는 경주에 지고서도 만족해 했다.

방축 안쪽은 논밭이었다. 그 낟알잎을 송아지가 뜯어먹는 수가 있었다. 그러면 돌이는 고삐를 바투 쥐고 송아지의 따귀를 때린다. 힘껏 때리는 시늉을 하지만 실제는 가볍게 툭 소리가 날 뿐이다. "임마, 그건 먹음 못써. 다시 그런 짓 했단 알지?" 이렇게 몇 번 따귀를 맞고 타이름을 받고 나서도 송아지는 어쩌다 돌이가 한눈파는 틈을 타서는 슬쩍 혀끝으로 낟알잎을 감아 들이는 수가 있었다. 돌이는 여전히 시늉만인 센 따귀를 때리면서 뇌까리는 것이다. "임마, 그건 먹음 못쓴대두. 다시 또 그럴테야 정말?"

그런 지 얼마 후로부터는 낟알잎을 안 먹게 됐다. (고삐를 놓고 돌이는 방축에 앉아 숙제를 하는 일도 있었습니다.) 그러다가 때로는 누워 잠이 들기도 했다. 잠결에 목에 선뜩거려 눈을 뜨면 저녁 그늘이 내린 속에 송아지가 혀로 목을 핥고 있는 것이다. 이제는 집에 가자는 듯. 방축을 내려가 물을 먹이고는 언제나처럼 집까

• 신꼬챙이 | 신나무 가지로 만든 꼬챙이.

지 달음박질 경주.

(그 무시무시한 6·25가 일어났습니다.)

군대가 한차례 밀려 내려왔다가 밀려 올라갔다. 그동안에 동네에서는 한 집이 비행기 폭격을 맞아 홀랑 날아가는 바람에 일가가 몰살을 당하고, 동네 사람 하나는 포탄 파편에 맞아 다리 하나를 못 쓰게 됐다. 그리고 군대들이 동네에 들를 적마다 곡식을 모아 가고, 닭과 개와 돼지를 잡아가고, 소를 끌어갔다.

돌이네 집에 와서 송아지를 끌어가려 했다. 돌이가 송아지 목을 끌어안고 놔 주지 않았다. 송아지와 함께 얼마를 질질 끌려갔다. 군인이 총부리를 들이댔다. 그래도 돌이는 송아지의 목을 꼭 안은 채 떨이져 나가지를 않았다. 지독한 놈이라고 하면서 군인이 그냥 가 버렸다.

겨울철에 들어서자 북으로 올라갔던 군대가 도로 밀려 내려왔다. 그 뒤로 중공군이 구름처럼 몰려 내려온다는 풍문이 돌았다. 사실 북쪽에서 먼 천둥 같은 폿소리가 들려왔다. (온 동네가 피난을 떠나기 시작했습니다.) 곡식을 거둬 가고, 짐승을 끌어가는 것은 둘째로 하고 저번에 집과 사람이 한꺼번에 날아가 버린 일과 다리 하나를 못 쓰게 된 사람의 일이 남의 일 같지가 않은 것이었다.

(돌이네도 피난 가야 했습니다.)

떠나는 날 새벽 돌이는 아버지에게,

"송아지두 데리구 가지?"
했다.

아버지는 그냥 짐만 꾸릴 뿐 대답이 없었다.

돌이가 재우쳐 물었다. 그제야 아버지는 손만을 잠깐 멈추고 돌이는 돌아보지도 않고,

"안 된다, 강 얼음이 아직 엷어서……. 사람이나 겨우 밟고 건널까 말까 한데 소야 되나."
하고는 한숨을 짓는 것이다.

어제 누구넨가도 소가 미끄러지지 않게끔 얼음 위에 흙과 재를 깔아 놓고 나서도 종내 얼음이 얇아 사람만 피난 간 일이 있는 걸 알고 있었다.

할 수 없었다. 돌이는 콩을 담뿍 넣어 쑨 여물을 송아지에게 잔뜩 먹여 가지고 예전과 같이 집 뒤 도토리나무 밑으로 가 마당비로 쓸어 주고는 도로 외양간에 들여다 매었다. 그리고 콩깍지를 몇 아름이고 안아다 주고, 구유에다가는 물을 가득 부어 놓았다.

이걸 보고 있던 어머니가,

"그렇게 해 놔두 소용없다. 콩깍진 이제 밟게 되면 못 먹게 되구, 물두 얼면 못 먹을걸."

문득 돌이는 무엇을 생각했는지 방으로 들어가 공책 뚜껑을 뜯더니 그 뒷면 한복판에다 연필에 침을 묻혀 가며 큼직한 글씨로 이렇게 썼다.

'이 송아지에게 콩깍지와 물을 좀 주세요.'

떠날 채비를 다 하고 난 아버지가 곰방대에 담배를 담으며,

"이제 군대가 들어오면 대번 잡아먹구 말 텐데……."

돌이는 다시 연필에 침을 묻혀 가지고 좀 더 큰 글씨로 한옆에 썼다.

'군인 아저씨 꼭 부탁합니다.'

그러고는 칡에 꿰어 송아지 목에 매달았다.

간단히 꾸린 짐을 아버지는 지고, 어머니는 이고, 돌이는 조그만 보따리를 하나 지고 집을 나섰다. 나서기 전에 돌이는 송아지를 향해 말했다. "내 곧 데리러 올게, 응."

방축을 내려 강에 들어서며 돌이는 발로 얼음을 굴러 보았다. 딱딱했다.

앞섰던 아버지가 돌아보며,

"살살 걸어. 가운데루 갈수록 살얼음이니까."

강 한가운데는 어른의 한 길이 넘는다. 어서 거기까지 꽝꽝 얼어 도로 와서 송아지를 데려갈 수 있게 됐으면 오죽 좋을까 하고 돌이는 생각했다.

강을 반 남아 건넜을 즈음 돌이는 무심코 집 쪽을 돌아다보았다. 뜻밖에도 송아지가 외양간에서 나와 싸리 울타리 너머로 이쪽을 바라보고 있는 게 아닌가. 그리고 별안간 송아지가 버둥거리는 것 같더니 싸리 울타리를 뚫고 달려 나오는 게 아닌가. 고삐를 끊은 것이다.

송아지는 쏜살같이 언덕배기를 내려 이리 달려오는 것이었다. 먼발치로도 꼬리가 뻗쳐져 있는 걸 알 수 있었다. '야, 빠르다, 빠르다.' 방축을 지나 얼음판에 들어섰다. 요행 흙과 재를 깔아 놓은 데로 달려오긴 하지만 저러다 미끄러져 넘어지기라도 하면 어쩌나. 돌이는 송아지가 달려오는 쪽으로 마주 걸어 나갔다.

뒤에서 어머니와 아버지의, "돌이야. 돌이야." 하는 째진 목소리가 연달아 들렸다. 그러나 그 소리가 귀에 들어오지 않는 듯 그냥 마주 걸어나가는 돌이의 얼굴은 환히 웃고 있었다. '이제 조금만 더, 조금만 더.'

송아지와 돌이가 서로 만났는가 하는 순간이었다. 우저적 얼음장이 꺼져 들어갔다.

한동안 송아지는 허우적거리며 헤엄을 치려고 안간힘을 썼으나 얼음물 속에서 사지가 말을 안 듣는 듯 그대로 얼음장 밑으로 가라앉기 시작했다. 그러한 송아지의 목을 돌이가 그러안고 있었다.

《너와 나만의 시간》(정음사, 1964)

황순원

1915년 평안남도에서 태어나 1931년《동광》에 〈나의 꿈〉이라는 시를 발표하며 등단했습니다. 1940년 첫 단편집《늪》 발간 이후 〈소나기〉, 〈독짓는 늙은이〉, 〈카인의 후예〉, 〈나무들 비탈에 서다〉 등의 서정적이고 예술적인 소설 작품들을 발표했습니다.

:: 내용 되새기기

1 돌이가 처음 송아지를 보고 실망한 까닭은 무엇인가요?

2 돌이는 송아지와 어떻게 지냈나요?

3 돌이와 송아지는 왜 헤어지게 되었나요?

4 돌이와 송아지가 물에 빠진 까닭은 무엇인가요?

:: 생각해 보기

1 돌이와 송아지 사이에 생긴 깊은 사랑에 대해 생각해 보세요.

2 전쟁 때문에 얼마나 많은 사람들이 비극적인 삶을 살아야 했는지 생각해 보세요.

더 읽어 보기

황순원이 쓴 아름다운 성장소설 – 〈소나기〉, 〈닭제〉, 〈산골아이〉, 〈별〉

꿩

이오덕

용이는 벌떡 일어나 그 돌멩이를 힘껏 골짜기 아래로 던졌습니다. 돌멩이가 저 밑에 떨어지자 갑자기 온 산골을 뒤흔드는 소리를 치면서 커다란 뭉텅이 하나가 솟아올랐습니다.

꼬공 꼬공 푸드득!

그것은 온 산골의 가라앉은 공기를 뒤흔들어 놓고 하늘을 날아오르는 정말 살아 날뛰는 듯한 생명의 소리였습니다.

"엄마, 정말 인제 난 학교 그만둬요!"

"얘가 또 이러느냐? 제발 어미 속 그만 썩여라. 3년 동안 다닌 학괄 그만두면 어찌 되느냐? 순이 봐라. 글 한 자도 모르고. 순인 계집애라서 그래도 괜찮지. 사내아이가 초등학교도 졸업 못 하면 어쩐다더냐?"

순이는 뒷집에 있는 아이입니다. 작년에 1학년에 들었었는데 하도 마을의 아이들이 곰보딱지라고 놀려서 한 달도 다니지 못하고 학교를 그만두었습니다. 순이 얼굴은 멀리서 보면 모르지만 가까이에서 보면 조금 얽었습니다. 그래서 순이는 요새도 아침밥만 먹으면 책보퉁이 대신에 바구니를 들고 혼자 들로 나갑니다. 냉이를 캐는 것입니다.

"나도 이젠 4학년 됐잖아요? 언제까지나 남의 책보퉁이 메고 다니는 짓은 부끄러워 못하겠어요."

"글세, 그건 늘 하는 소리지. 제발 좀 참아라. 어이구, 없는 것이 원수지. 그놈의 아이들이 왜 그토록 못살게 구느냐?"

어머니는 밥숟갈을 들 생각도 않으시고 한숨을 쉬시더니 또 말을 이었습니다.

"얘, 너희 아버지도 어쩌면 올해까지만 남의 일을 하면 그만두실 게다. 올해꺼정만 참아라."

용이는, 아버지가 남의 집 머슴살이를 올해만 하면 그만두신다는 말에 귀가 번쩍 열렸습니다.

"정말 올해만 하고 그만둬요?"

"네 장래를 생각해서도 그만두시도록 해야겠다. 남의 산전(山田)을 소작해서 죽을 마시더라도……."

용이는 밥을 먹고 책보퉁이를 허리에 둘러매고 일어났습니다. 올해만 참으면 된다!

"용아, 빨리 나와!"

바깥에는 벌써 아이 하나가 기다리고 있습니다. 마을 앞을 지났을 때는 여러 아이가 되었습니다.

"얘들아, 오늘은 우리, 고개 위에서 진달래 좀 꺾어 가자."

"아직 꽃도 안 폈을걸."

"병에 꽂아 두면 펴나지 뭐."

"그래, 새 교실이 환하게……."

모진 겨울을 이겨 낸 보리들이 새파랗게 살아난 보리밭 둑길을 걸어가면서, 아이들은 모두 어깨를 우쭐거리며 향토 예비군의 노래를 소리쳐 불렀습니다. 그러나 산기슭을 돌아 고갯길에 올라섰을 때, 그들은 모두 용이 발밑에 책보퉁이를 던졌습니다. 벌써 3년 동안 용이 어깨에 메어져 재를 넘어가고 넘어오던 책보퉁이들입니다. 용이 아버지가 같은 동네에서 머슴살이를 하고 있기 때문에, 아이들은 모두 용이까지 남의 짐을 날라 주어야 하는 것으로 생각하고 있는 것입니다.

"자 인마, 넌 인제 4학년이 됐으니 기운도 세어졌지? 하나 더 날라 줘."

지금까지 같은 반의 아이들만 그렇게 하던 것이 오늘은 한 학년 위의 성윤이까지도 따라와 이렇게 말하면서 커다란 책보퉁이를 놓고 갑니다. 책보퉁이는 용이 제 것까지 모두 일곱 개나 되었습니다.

책보퉁이가 없이 된 아이들은 모두 소리치면서 산길을 달려 올라갔습니다.

"올해만 참자!"

용이는 언제나처럼 길가 바위 밑에 가서 참나무 지겟작대기를 찾아와 책보퉁이를 모두 꿰어 달았습니다. 그러고는 어깨로 가운데를 메고 올라가기 시작했습니다.

햇빛이 산 위에서 쫙 비쳐 내렸습니다. 고갯마루까지는 산허리를 세 번이나 돌면서 올라가야 합니다. 더구나 오늘은 책보퉁이가, 모두 한 학년씩 올라가서 그런지 굉장히 무겁습니다. 용이는 첫 굽이를 돌아가기도 전에 마른 잔디 위에 앉아 쉬어야 했습니다. 이렇게 무거운 것을 날마다 메고 올라가야 할 것을 생각하니 기가 막힙니다. 더구나 5학년의 성윤이까지 맡기기 시작했으니, 이러다가는 올해는 지게로 져다 날라야 할지 모릅니다. 이걸 어쩌나?

저 밑에서 따라 올라오던 2학년, 3학년 아이들이 모두 책보퉁이를 허리에 둘러매고 용이를 앞질러 올라가고 있었습니다. 그 아이들은 용이를 뒤돌아보면서 저희들끼리 무엇을 수군거렸습니다.

"헤헤에, 4학년이 됐다는 게, 남의 책보퉁이를 날라 주고."

"참 못난 아이지?"

모두 이런 말을 수군거리는 것 같았습니다.

'뭐, 못난 아이라고?'

'내가 못난 아이인가?'

용이는 화가 났습니다. 벌써 고개 위에 다 올라갔는지 아이들의 고함 소리가 산 위에서 들려왔을 때 용이는 눈앞에 있는 책보통이를 콱 콱 짓밟아 버리고 싶은 충동이 났습니다. 발꿈치에 돌멩이 하나가 챘습니다. 그 바람에 용이는 앞으로 고꾸라졌습니다. 그러나 용이는 벌떡 일어나 그 돌멩이를 힘껏 골짜기 아래로 던졌습니다. 돌멩이가 저 밑에 떨어지자 갑자기 온 산골을 뒤흔드는 소리를 치면서 커다란 뭉텅이 하나가 솟아올랐습니다.

꼬공 꼬공 푸드득!

그것은 온 산골의 가라앉은 공기를 뒤흔들어 놓고 하늘을 날아오르는 정말 살아 날뛰는 듯한 생명의 소리였습니다.

"야, 참 멋지다!"

날개를 쫙 펴고 꽁지를 쭉 뻗고, 아침 햇빛에 눈부신 모습으로 산을 넘어가는 꿩의 모습을 쳐다보는 용이의 온몸에는 무슨 힘 같은 것이 마구 솟구쳐 올랐습니다. 용이는 발에 채는 책보통이 하나를 집어 들었습니다. 그리고 힘껏 하늘 위로 던졌습니다.

휭! 공중에서 몇 바퀴를 돌던 책보통이가 퍽! 소리를 내면서 골짜기에 떨어졌을 때, 용이는 두 번째 책보통이를 집어 던졌습니다. 또 하나, 또 하나……. 마지막에 던진 작개는 건너편 벼랑의 소나무 가지를 철썩, 치도록 멀리 떨어졌습니다.

'됐다!'

용이는 어쩐지 마음이 시원하여, 하늘을 향해 하하하 웃어 주고 싶었습니다. 떠가는 구름을 타고 막 날아갈 것 같았습니다.

'내가 정말 못난이였지!'

용이는 제 책보퉁이만 다시 허리에 둘러맸습니다. 그러고는 고개를 향해 날듯이 뛰어 올라갔습니다. 고개 위에는 아이들이 앉아 기다리고 있었습니다. 모두 손에 진달래 가지를 한 줌씩 꺾어 들었습니다. 어떤 가지는 벌써 불그레한 봉오리가 피어나려 하고 있었습니다.

"어, 용이가 빈손으로 오네?"

"정말. 저 새끼가?"

"인마, 책보퉁인 어쨌냐?"

용이는 아무 말 없이 그냥 올라오고만 있습니다. 아이들이 용이를 빙 둘러쌌습니다.

"너, 책보퉁이 어쨌어?"

"이 새끼 죽고 싶으냐? 빨리 말해 봐!"

용이는 아이들을 한번 둘러보고는 조용히 그러나 힘찬 소리로 말했습니다. 이상하게도 책보퉁이들을 날리고 나니 마음이 착 가라앉는 것이 조금도 겁이 나지 않았습니다.

"너희들 책보퉁이 말이지? 저 밑의 뾰족바위 아래 던져 놓았어."

“뭐? 이 새끼가!”

“이 새끼 돌았나?”

“빨리 못 가져오겠나?”

그러나 용이는 여전히 조용한 소리로 말했습니다.

“난 못난 놈이 아니야!”

“어, 이 새끼가?”

“요런 머슴의 새끼가?”

“개새끼! 맛을 좀 보고 싶으냐?”

아이들의 발과 주먹이 용이를 향해 덮쳐 왔을 때 용이는 재빨리 주머니에 든 손을 빼내어 쳐들어 보였습니다. 그 손에는 주머니칼이 반짝거리고 있었습니다. 아버지가 연필을 깎으라고 부러진 낫 동강이에 자루를 해 박아 만들어 준 것이었습니다.

“어, 어. 이 새끼가…….”

칼을 보자 아이들은 주춤 뒤로 물러섰습니다.

“자, 덤빌 테면 덤벼 봐라!”

아이들이 어쩔 줄 모르고 서 있을 때 뒤에서 한 아이가,

“난 내 책보퉁이 가지러 가야겠어.”

하고 달려갔습니다. 그 소리에 다른 아이들도 모두 정신이 돌아온 것처럼,

“나도 간다.”

“나도…….”

하고 달려갔습니다.

"이놈 새끼, 두고봐라."

맨 마지막에 내려가면서 성윤이가 말했습니다.

"오냐 인마, 얼마든지 봐 줄게!"

용이의 목소리는 한층 크고 자랑스러운 그것이었습니다.

아이들의 모두 와아 하고 아까 온 길을 내려가는 뒷모양을 보고, 용이는 또 한 번 가슴을 확 펴고 하하하 웃어 주고 싶었습니다.

"나도 이젠 못난 놈이 아니야!"

그리고 다시 혼잣말로 중얼거렸습니다.

"내일 아침엔 순이를 데리고 오자. 순이를 놀리는 놈은 어떤 놈이고 용서 안 한다!"

용이는 돌아서서 햇빛이 눈부신 내리막길을 바라보았습니다. 이제는 단숨에 학교까지 막 뛰어갈 듯합니다. 하늘에는 하얀 구름 한 송이가 떠 있습니다. 용이는 훌쩍 한 번 뛰더니 마구 두 팔을 내저으면서 내리달렸습니다. 그것은 마치 한 마리의 꿩이 소리치면서 하늘을 날아오르는 모습과 같았습니다.

《동아일보》 1971년 1월 6일자 5면

이오덕

1925년 경북 청송에서 태어나 교육자이자 아동문학가, 우리말 연구가로 활동했습니다. 1954년 동시 〈진달래〉를 발표하며 등단하였고, 어린이 글쓰기 운동에도 열성을 쏟았습니다. 《글짓기 교육의 이론과 실제》, 《우리말 바로쓰기》 등의 명저를 남겼습니다.

:: 내용 되새기기

1 용이는 왜 아이들의 책보퉁이를 날라 주어야 했나요?

2 누가 용이에게 가방을 던져 버릴 수 있는 용기를 주었나요?

3 용이가 자신감을 갖고 나서 가장 먼저 순이를 생각한 까닭은 무엇일까요?

:: 생각해 보기

1 어머니는 왜 용이에게 참으라고 하는 것일까요?

2 우리 주변에도 순이나 용이처럼 무시당하는 친구가 있는지 생각해 보세요.

더 읽어 보기

순수한 동심의 세계 – 이오덕이 쓴 동시집 《개구리 울던 마을》, 어린이들 글모음집 《허수아비도 깍꿀로 덕새를 넘고》와 《일하는 아이들》

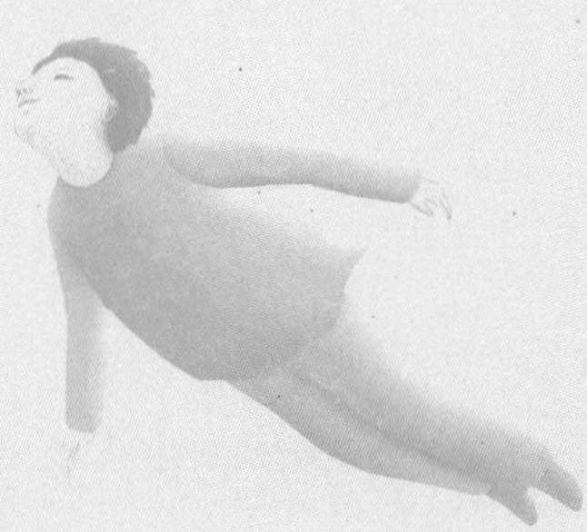

외로운 아이

이태준

"이놈, 왜 말이 없니?"

선생님은 역정이 나셔서 움켜 내인 담배 깜부기를 책상 위에 놓으시더니, 그 손으로 인근이의 빰을 철썩 때리셨습니다. 인근은 그래도 아무 말도 없이 서서 버선도 못 신은 맨발등 위에 눈물만 뚜벅뚜벅 떨궜습니다.

순길이는 무슨 장한 것이나 발견한 것처럼 우쭐거리며 사무실로 뛰어갔습니다.

"뭐야, 왜 이렇게 후당탕거리고 뛰어들어?"

선생님이 물으셨습니다.

순길이는 경주에나 일등을 해서 상이나 탈 것처럼 씨근거리며 신이 나서 대답하였습니다.

"저어 인근이가 담배를 먹나 봐요."

"담배? 어디서 먹든?"

"먹는 건 보지 못했어도 길바닥에서 담배 깜부기를 주워서 호주머니에 넣겠지요. 지금 봤는데요."

"정말?"

"네!"

선생님은 순길이를 내보내고 인근이를 부르셨습니다.

인근이는 눈이 휘둥그레서 사무실에 들어섰습니다. 선생님은 매우 괘씸히 여기시는 눈으로 인근이를 쏘아보시며 말씀하셨습니다.

"너 바른대로 말해……. 담배 먹지?"

인근이는 그만 얼굴이 새빨개졌습니다.

"아니야요."

"어디 보자."

선생님은 다 헤어진 인근이의 저고리 섶을 와락 잡아댕기며 안 호주머니에 손을 넣으셨습니다.

"이놈, 이게 담배가 아니고 무에냐?"

인근이는 그만 얼굴을 숙이고 부들부들 떨기만 했습니다.

"이놈, 왜 말이 없니?"

선생님은 역정이 나셔서 움켜 내인 담배 깜부기를 책상 위에 놓으시더니, 그 손으로 인근이의 뺨을 철썩 때리셨습니다. 인근이는 그래도 아무 말도 없이 서서 버선도 못 신은 맨발등 위에 눈물만 뚜벅뚜벅 떨궜습니다.

"벌써부터 담배를 배우다니?"

선생님은 분하셔서 또 뺨을 한 대 때리셨습니다. 다른 선생님들도 같이 때리고 싶은 것을 참는 듯이 모두 미워하는 눈으로 인근이를 쏘아보셨습니다.

"너는 이 시간에 벌을 서야 된다. 이리 나와."

인근이는 말없이 운동장으로 끌려 나갔습니다. 그리고 여러 반에서 모두 잘 내다보이는 복판에 가서 선생님이 하라는 대로 두 팔을 들고 섰습니다.

"고개를 들어."

인근이는 선생님 말씀대로 고개를 들었으나 눈물 때문에 여러 아이들이 반에서 내다보고 손가락질하고 놀리는 것은 보이지 않았습니다.

인근이는 그 이튿날부터 학교에 오지 않았습니다. 아이들은 그 애가 담배를 먹다 들켜서 벌을 서고는 부끄러워 안 온다고 하였습니다.

그러나 실상은 그렇지 않았습니다.

인근이는 그만 아버지가 돌아가셨습니다.

여러 날 전부터 앓으시던 아버지가 인근이가 학교에서 벌을 서고 간 날 저녁에 돌아가시고 말았습니다. 그래서 살림이 구차한 인근이는 다시 학교에 다닐 수 없게 된 것입니다.

그리고 지금 안대도 소용은 없습니다마는 인근이가 담배 먹었다는 것도 말입니다. 정말은 인근이가 제가 먹으려고 담배를 가진 것이 아니라, 앓으시는 아버지가 돌아가시기 며칠 전까지도 가끔 담배를 찾으셨습니다. 그럴 때마다 인근 어머니는 이 집 저 집 들창 밑에서 주워다 둔 깜부기 담배를 내어놓곤 하였습니다. 어떤 때는 그것도 없어서 쩔쩔매는 것을 본 인근이는 그날 처음으로 길에 떨어진 담배 토막이 꽤 큰 것을 보고 대뜸 아버지 생각이 나서 주웠던 것이 그만 동무 눈에 띄어서 그렇게 되었던 것입니다.

《어린이》 1930년 11월호 (개벽사)

이태준

1904년 강원도 철원에서 태어나 〈오몽녀〉를 발표하며 등단하였습니다. 조선중앙일보 기자로 일했고, 문학동인회인 구인회 회원이었습니다. 〈가마귀〉, 〈달밤〉, 〈복덕방〉 등의 작품을 발표해 한국 현대소설의 바탕을 마련하였습니다.

:: 내용 되새기기

1 인근이가 담배를 피운다고 선생님께 이른 동무는 누구인가요?

2 선생님은 인근이에게 어떤 벌을 주었나요?

3 인근이는 왜 담배 깜부기를 주워 모았나요?

:: 생각해 보기

1 인근이는 왜 선생님께 사실대로 말하지 않았을까요?

2 인근이가 학교를 가지 않게 된 까닭은 무엇일까요?

더 읽어 보기

해방 전후 어려운 상황을 따뜻한 시선으로 담은 이태준의 단편소설 – 〈달밤〉, 〈복덕방〉

육촌 형

이현주

근태는 씩씩거리면서 언청이이기 때문에 발음이 좀 이상하긴 했지만 똑똑하게 말했다.

"난 안 싸워! 성태는 내 동생이야. 내가 왜 동생하고 싸우니?"

"뭐? 뭐라구? 너 내 말을 거역할 참이냐?"

"그래! 난 죽어도 안 싸운다!"

언청이 장근태, 나이는 나보다 한 살 더 많지만 키도 작고 몸무게도 가볍다. 아버지 말씀으로는 어렸을 적에 너무 못 먹었기 때문이라고 했다. 근태는 나하고 육촌 사이이다. 근태 아버지가 우리 아버지의 사촌 형이니까.

근태네 집은 지금도 가난하다. 어른들은 가난한 집안을 가리켜 '똥구멍이 찢어지게 가난하다'고 하는데 왜 그런 말이 나왔는지 알 수가 없다. 아버지한테 물어봤지만 아버지도 모르겠다는 대답이다. 그저 옛날부터 그렇게들 말해 왔다는 거다. 할아버지가 살아 계시면 여쭤 보겠는데 할아버지는 6·25 때 돌아가셨다고 한다. 물론 나는 할아버지의 얼굴을 본 적이 없다. 제삿날 사진으로 봤지만. 할머니는 지금 서울 작은아버지 댁에 계신다. 그러니 물어볼 수 없는 일이고……. 방학 때가 되면 만나 뵐 수 있겠지만 그때에는 또 그런 질문을 할 생각이 까맣게 사라져 버릴 것이다.

아무튼 근태네 집은 지금도 역시 '똥구멍이 찢어질 만큼' 가난하다. 그런데도 근태 아버지는 매일같이 술에 취해 곤드레만드레다.

아버지가 가끔 길에서 만나면,

"만섭이 성님, 왜 이러세유? 아, 근태 생각을 좀 혀서라두 술 좀 작작 드시라니깐유. 도대체 이게 먼 짓이유? 야?"

간절하게 타일러도 보지만 도무지 소용없는 일이다.

그렇지만 근태는 참 착하고 용감하다. 근태가 공부는 좀 못하지만 어떤 때는 눈시울이 뜨거울 만큼 가슴 뭉클한 짓을 한다. 하긴 근태가 공부를 잘하기를 바라는 것 자체가, 선생님 말씀대로, 숲에 가서 물고기를 구하는 것과 같은 일인지도 모르겠다.

방학 때가 되면 근태는 새벽 일찌감치 일어나 남들은 놀러 가느라고 야단인데 공사판으로 간다. 5학년 치고는 덩치가 작은 근태지만 어른들 틈에 섞여 악바리로 일을 한다. 시멘트 공사판에 물 긷기, 사방 공사판에 흙 나르기, 건축 공사판에 잡심부름하기……. 언청이 장근태 하면 그래서 이 한산면 일대의 막벌이꾼들 사이에 모르는 사람이 없을 정도다.

물론 근태하고 나하고의 사이가 좋은 것은 두말할 필요도 없다. 아니, 아니다! 정확하게 말해야지. 근태하고 나하고의 사이가 좋았던 것은 사실이다. 지금 좋은 것이 아니라 어디까지나 좋았던 것이다. 그러니까 지금은 좋지 못한 사이냐 하면 그것은 아니다. 그렇지만 확실히 옛날과는 다른 사이다. 근태네가 양짓담을 떠나 음실로 이사를 간 뒤부터 우리의 사이는 달라지게 된 것이다. 양짓담과 음실은 한산계라는 작은 개울을 사이에 두고 마주 보는 마을이다. 크기는 비슷하다. 양짓담에 살다가 음실로 이사 간 것하고 근태와 나의 우정하고 무슨 상관이 있는 건지 우리 마을에 사는 아이들 같으면 대번에 알겠지만 바깥 사람들은 잘 모를 것이다.

얘길 처음부터 하자면 길어지겠고, 그렇지만 설명을 좀 하긴 해야겠다.

본디 양짓담과 음실은 사이가 무척 좋았다고 한다. 한가위 때만 되면 두 마을 젊은이들이 한산계 모랫벌에 모여 줄다리기, 씨름으로 힘자랑을 했고 음실 처녀들하고 양짓담 총각들하고 은근히 만나 연애도 곧잘 했던 모양이다. 하긴 우리 할머니도 음실에서 양짓담으로 시집을 오셨다니까, 옛날에 그런 일이 꽤 자주 있었던 게 틀림없다.

그러던 것이, 6·25 난리통에 양짓담이고 음실이고 온통 쑥대밭이 되면서 두 마을 사이가 무슨 원수처럼 되었던 것이다. 어른들이 자세하게 얘길 해 주지 않으니 잘 모르긴 하지만, 아무튼 그 난리통에 오뉘 형제처럼 가깝던 두 마을이 흡사 자석의 남극과 북극처럼 멀어졌다는 것이다. 난리가 끝난 직후에는 서로 읍내 장에서 만나도 못 본 척하고 등을 돌리는 일이 있었다니까 그때 형편을 대강 짐작할 수 있다.

그렇지만 세월이 흘러 한 30년 지나고 나니 그때 원수졌던 사람들이 차례차례 죽어 가고, 그래서 요즘에는 크게 겉으로 드러날 만큼 서로 미워하는 것 같지는 않다. 더구나 새마을 사업으로 한산계에 시멘트 다리를 놓고 난 뒤부터는 마을 젊은이들이 앞장서서 친선 체육대회도 열고 단옷날 그네뛰기도 같이 하게 되었다.

두 마을 아이들은 모두 오 리쯤 떨어져 있는 산동초등학교에 다니고 있다. 어른들이야 다투든 미워하든 우리는 한 학교, 한 교실에서 뒹굴며 배우는 사이좋은 친구였다. 그렇지만 솔직하게 말해서 은근히 양짓담 아이들과 음실 아이들은 서로 지지 않겠다는 듯이 기승을 부려 달밤에도 풀을 베는 등 야단들이었다. 그렇지만 그게 다 한번 그래 보는 거지 무슨 앙심을 품고 그러는 것은 아니었다. 양짓담 아이들과 음실 아이들이 서로 티격태격하면서도 사이좋게 자라고 있었다. 둘은 어디까지나 친구 사이였다. 이를테면, 군내 초등학교 축구 시합 같은 거라도 있는 날이면 양짓담이 어디 있고 음실이 어디 있나? 두 마을 어린이들은 똘똘 뭉쳐서 함께 산동초등학교 선수들을 응원하는 것이었다.

그러던 것이 지난 봄부터 이상야릇하게 되어 버렸다. 서울에서 웬 돈 많은 부자가 내려와 음실 뒷산에다 젖소를 기르기 시작했다. 그 부자는 만화영화 〈캔디〉에 나오는 것 같은 서양식 집을 짓고 음실 뒷산을 빙 둘러 철망으로 울타리를 쳤다. 그리고 그 안에다가 젖소를 풀어놓고 기르기 시작한 것이다. 음실 아이들 말을 들어 보면 자기네 집 대문에다 '한산목장'이라는 간판까지 달았다고 한다. 목장 주인은 아직 사십도 되지 않은 젊은 사람인데 아들을 하나 데리고 왔다. 그 아이가 바로 지난봄 우리 반에 전학 온 유세아다. 사내자식 이름이 세아라니 우습기도 했지만 생김새도 흡사 계집애였다. 자기 말로는 서울 무슨 사립학교에 다녔는데 건강이 너무 나빠 공기 좋은 산골로 일부러 내려왔다는 것이었다. 자기 아빠가(세아는 아버지를 부를 때 꼭 '아빠'라고 했다.) 이런 산골에 목장을 차린 것도 순전히 자기 때문이라고 했다. 의사가 자기 아빠한테, "세아는 공기 좋고 물 맑은 데서 휴양을 해야 합니다." 하고 말했다는 것이다.

아무튼 여러 가지로 웃기는 녀석이었다. 전학 온 지 한 달이 지나도록 변소엘 들어가지 못하던 세아였다. 변소가 너무 더러워 똥을 눌 수가 없다는 거다. 그러다가 어느 날 참다 참다 막 싸게 되니까 어쩔 수 없이 변소엘 들어가긴 했는데, 나오면서 눈물을 찔끔거리는 게 아닌가? 우리는 마구 웃어 주고 싶었지만 참아야 했다. 홍탱크가 노려보고 있었기 때문이다.

홍탱크란 누구냐 하면 유세아하고 같은 날 함께 전학 온 아이다. 본디 이름은 철식이지만 흡사 탱크처럼 생겨서 별명이 그렇게 붙었다. 본인도 제 이름보다는 탱크라는 별명을 더 좋아했다. 홍탱크는 이를테면 유세아의 호위병인데, '한산목장'의 관리인 홍씨의 아들이다. 누구든지 세아를 우습게보고 놀리거나 하다가 홍탱크한테 걸리면 국물도 없는 거다. 홍탱크는 유세아한테만 굽실거린다. 산동초등학교 전체 학생들 가운데 홍탱크를 상대할 아이는 없었다. 홍탱크는 힘도 장사지만 서울 있을 때 유도도 배웠다고 했다. 유세아와 홍탱크는 전학을 오자마자 한산면 촌놈들 위에 임금님처럼 올라섰다. 세아는 돈을 가지고 아이들을 제 편으로 만들었다. 혹시 말을 잘 듣지 않거나 삐딱하게 구는 녀석이 있으면 홍탱크의 주먹이 가만두지 않았다. 소풍 가는 날이면 세아는 무조건 음실 마을 아이들에게 초콜릿을 한 봉지씩 안겼다. 음실 마을 녀석들은 세아만 보면 괜히 실실 웃으며 그 곁으로 모여들곤 했다. 물론 양짓담 아이들도 세아한테 과자랑 사탕

이랑 얻어먹고 싶어 슬슬 가까이 다가갔다. 고구마를 구워다가 세아한테 바치는 녀석도 생겼다. 세아는 고구마 군 것쯤 손가락도 대지 않는다. 그럼 고구마는 자연히 홍탱크의 차지가 되었다. 이렇게 되어 유세아와 홍탱크는 산동초등학교 5학년 2반의 두목이 되었던 것이다.

그런데 참 일이 공교롭게 되려고 이쪽 양짓담에도 웬 부자가 이사를 왔다. 재일동포의 동생이라나 뭐라는 사람인데 양짓담에다 벽돌 공장을 차렸다. 도시 사람들 집을 짓는 데 쓰는 붉은 벽돌을 구워 내는 공장이었다. 양짓담 공장이 음실 목장보다 서기는 더 먼저 섰다. 주인이 이사를 늦게 온 것뿐이다. 벽돌 공장 주인은 사람이 좋아 보였다. 이사 오던 날 마을 사람들 모두에게 술과 고기를 푸짐하게 대접하였다. 그에게는 조카가 하나 있었는데 작년 여름 고속도로에서 일어난 사고로 부모를 잃었다고 했다. 그 아이가 바로 오토바이다. 우리 반은 아니지만 학년은 같은 5학년이다. 본 이름은 소비연인데 전학 오던 날부터 오토바이를 타고 학교엘 다닌다. 그래서 별명이 오토바이다. 오토바이는 눈이 작고 옆으로 쫙 찢어진 게 첫눈에도 무섭게 생겼다. 이사 오던 바로 그날, 홍탱크와 한판 붙었는데 조금도 꿀리는 기색이 없었다.

낯선 녀석이 거들먹거리며 산골 학교에 오토바이를 타고 나타났으니 유세아와 홍탱크가 가만히 두고 볼 리가 없다. 방과 후 소비연이 솔밭에 세워 둔 자기 오토바이로 다가오자 기다리고 있던 홍탱크가 길을 막았다.

"야, 너 좀 이리 와!"

오토바이는 조금도 허둥대지 않고 홍탱크를 마주 봤다. 작은 눈이 더 작아졌다. 마치 먹이를 노리는 까치독사의 눈 같았다.

"누구? 나 말이냐?"

"그래 임마, 너 말고 거기 누가 있니?"

홍탱크는 어슬렁어슬렁 솔밭 사잇길로 들어섰다. 그리고 조금 더 가면 밤나무로 둘러싸인 조그만 공터가 있는데 거기가 아이들의 싸움터였다. 오토바이는 말없이 탱크의 뒤를 따라왔다. 공터에는 이미 아이들이 먼저 와서 기다리고 있었다. 물론 유세아도 그 속에 섞여 있었다. 아이들이 공터를 둘러 서 있는 것을 보자 오토바이는 싸늘하게 웃으며 어금니를 잘금잘금 깨물었다.

"야, 너 어디서 왔어?"

유세아가 팔짱을 끼고 오토바이에게 물었다. 오토바이는 가냘프게 생긴 녀석이 질문을 하자 조금 놀라는 표정을 짓더니,

"그건 왜 물어?"

싸늘한 목소리로 대꾸했다.

"너, 임마! 너무 건방져. 새로 전학 온 녀석이……."

홍탱크가 말을 하다 말고 오토바이의 어깨를 움켜잡았다.

"이거 놔! 못 놔?"

오토바이의 목소리가 밤나무 가지 사이를 뚫고 사방에 울려 퍼졌다.

"어쭈? 요게 정말 뜨거운 맛을 봐야겠구나!"

그러나 먼저 뜨거운 맛을 본 건 홍탱크였다. 눈 깜박할 사이에 오토바이의 주먹이 탱크의 배에 푹 꽂혔던 것이다.

"윽!"

탱크는 어깨를 잡았던 손을 놓고 서너 발짝 뒤로 물러섰다. 그와 동시에,

"너희들 비켜!"

소리를 지르며 오토바이에게 달려들었다. 탱크는 오토바이의 앞자락을 움켜잡자,

"야잇!"

기합 소리와 함께 돌림배지기로 오토바이를 집어 던졌다. 말로만 듣던 유도 솜씨였다. 그러나 오토바이 또한 만만찮았다. 크게 나가떨어질 줄 알았는데 한 바퀴 몸을 굴리더니 고양이처럼 날렵하게 일어서서 탱크를 노려보았다. 탱크는 순간 당황하는 듯한 표정이었다. 그러나 다시 몸을 날려 오토바이에게 달려들었다. 둘은 엉겨 붙어 풀밭 위를 마구 뒹굴었다. 어지럽게 주먹질이 오고 갔다. 그러나 아무래도 기운은 탱크가 오토바이보다 더 셌다. 탱크는 오토바이의 배를 타고 걸터앉아 얼굴이며 가슴이며 사정없이 마구 내려 갈겼다. 오토바이의 코가 터져 얼굴이 온통 피범벅이 되었다. 그러나 오토바이는 항복하지 않았다. 있는 힘을 다해 자기 배를 깔고 있는 탱크를 밀어붙였다. 묵직한 탱크가 쿵 하며 옆으로 쓰러졌다. 오토바이는 그 틈을 놓치지 않

고 일어나더니 피가 섞인 가래침을 카악 뱉어 내면서 “이 새끼” 소리와 함께 탱크에게 돌진하였다. 오토바이는 탱크의 팔을 움켜잡는 것과 동시에 입을 크게 벌려 팔뚝을 깨물었다.

“아! 아악!”

탱크가 비명을 질렀다. 그래도 오토바이는 물러서지 않았다. 홍탱크는 있는 힘을 다해 오토바이의 사타구니를 걷어찼다. 그제야 오토바이는 깨물었던 팔뚝을 놓고 몇 걸음 뒤로 물러섰다. 그때 일은 이렇게 생각만 해도 가슴이 떨린다. 얼마나 무서웠는지! 우리는 부들부들 떨면서 둘이 싸우는 걸 그냥 바라만 볼 뿐이었다. 다행히 선생님이 알고 달려오셨기 때문에 그날 싸움은 그렇게 끝났다. 소비연이는 그 다음 날에도 얼굴에 멍이 좀 들고 입술이 터지긴 했지만 여전히 오토바이를 타고 학교엘 왔다. 홍탱크는 팔뚝에 붕대를 감고 있었다. 그러나 둘은 싸우지 않았다. 그 뒤로 이제까지 우리는 그들이 싸우는 걸 보지 못했다. 그러나 직접 싸우지 않는 대신, 양짓담 아이들과 음실 아이들이 싸움질을 하기 시작했다. 자연스럽게, 양짓담 아이들은 오토바이 부하가 되었고 음실 아이들은 유세아와 홍탱크의 부하가 되었던 것이다. 홍탱크는 음실 아이들을 모아 놓고 유도를 가르치기 시작했다. 오토바이는 양짓담 아이들을 데려다가 태권도를 가르쳤다. 우리는 그 누구도 오토바이의 명령을 거역할 수 없었다. 거역하기는커녕 오히려 홍탱크를 믿고 까불던 음실 놈들을 혼내주자면서 설치는 녀석들까지 생겼다. 양짓담 아이들과 음실 아이들은 마침내 앙숙이 되었다. 이제는 학교를 오가는 길에 서로 만나 개울에서 가재를 잡는 따위 일이 없어졌다. 소풍을 가도 따로 놀았고 군내 초등학교 축구 시합에서도 함께 응원하는 일이 없었다. 선생님들이 아무리 꾸중을 해도 어쩔 수 없었다.

"누구든지 양짓담 놈들하고 친하게 지내기만 하면 그땐 가만두지 않을 테다."

이건 홍탱크의 엄포다.

"어떤 놈이든 음실 자식들하고 같이 놀면 혼날 줄 알아!"

이건 오토바이의 공갈이다.

양짓담 아이들과 음실 아이들은 꼼짝없이 시키는 대로 하지 않을 수 없었다. 어른들도 염려는 했지만 아무도 '한산목장' 집과 재일동포네 벽돌 공장 집에 싫은 소리를 할 용기는 없는 것 같았다.

그런대로 여름이 지나갔다. 별로 큰 말썽이 없었다. 양짓담 아이들은 양짓담 아이들끼리만 놀았다. 음실 아이들도 마찬가지였다. 서로 만나는 일만 없으면 그다지 거북할 것도 없었다. 오토바이와 탱크는 묘하게 서로 피해 다녔고 아마도 둘이 맞상대로 붙을 마음은 없는 것 같았다. 그런데 가을걷이가 끝나자 근태네 집이 음실로 이사를 가게 되었던 것이다. 양짓담에 있는 근태네 집은 너무나도 낡아서 기둥이 부러지려고 했다. 서까래로 겨우 버텨 놓고 사는데 언제 무너질는지 모를 형편이었다. 그런데 마침 음실에 있는 외삼촌네가 서울로 이사를 가면서 그 집을 비워 주고 와서 살라는 것이었다. 근태는 이사를 가고 싶지 않았지만 어쩔 수가 없었다. 그게 바로 한 달 전 일이다. 근태가 그리로 이사를 가면서 나하고 사이가 이상하게 되었다고 했는데 이제는 왜 그랬는지 그 까닭을 알 수 있을 것이다.

이제부터 오늘 낮에 있었던 일을 얘기하겠다. 이 얘길 하려고 지금까지 길게 설명을 늘어놓은 셈이다.

오늘은 토요일이므로 학교가 일찍 끝났다. 보통날 같으면 일찍 끝나는 게 신나고 즐거웠겠지만 오늘은 그 반대였다. 방과 후에 솔밭 뒤 공터로 오라는 오토바이의 명령 때문이었다. 이유는 간단했다. 근태하고 한판 붙으라는 것이었다. 물론 근태도 나하고 싸우라는 명령을 홍탱크한테서 받았다. 그들이 근태하고 나하고 싸움을 붙이는 이유는 그냥 재미로 해 보는 장난이 아니었다. 그저께 밤 근태가 한산계를 건너 우리 집에 왔었다. 아버지 심부름으로 족보책을 빌리러 온 것이었다. 음실 아이가 양짓담에 발을 들여놓는 일은 엄격하게 금지되어 있었다. 또 사실이지 일부러 금할 것도 없을 만큼 두 마을 아이들은 저희 마을에서만 놀았다. 구태여 건너편 마을까지 갈 일이 서로 없었으니까. 그런데 양짓담에 살던 근태가 음실로 이사를 가는 바람에 일이 묘하게 된 것이다. 근태는 중간에서 참 난처했다. 지금까지 자기 편으로 사귀던 양짓담 아이들을 하루아침에 적으로 삼는 일이 그렇게 쉽겠나 생각해 보라. 또 지금까지 적으로 여기던 음실 아이들과 유세아, 홍탱크를 친구로 사귀는 일인들 어찌 쉽사리 되겠는가?

그러니 이사를 간 지 한 달이 거의 다 되도록 근태는 이쪽 저쪽 눈치만 보면서 지내 왔는데, 그래도 차츰차츰 음실 쪽으로 기울어져 가는 낌새가 보였다. 나는 다른 아이들보다 훨씬 더 섭섭했지만 어쩔 수 없는 일이었다. 우리들의 등 뒤에는 언제나 오토바이와 탱크의 눈이 번들거리고 있었으니까. 별수 없이 근태와 나는 한껏 말조심, 몸조심을 하며 될 수 있는 대로 맞부닥치는 일이 없도록 서로 피해 다녔다. 그러던 차에 밤이긴 하지만 근태가 한산계를 건너 우리 집까지 왔던 것이다. 나는 근태가 다른 아이들 눈에 들킬까 봐 가슴이 조마조마했다. 그렇지만 근태는 나보다 훨씬 더 침착했다.

"염려 마! 아무도 모르게 왔으니깐. 또 지들이 알면 어뗘? 아버지 심부름으로 왔는디……. 음실 눔덜 보기 싫어 죽겠어! 탱크 그 자식 아주 개새끼여……."

근태는 한참 동안 음실 아이들 욕을 늘어놓은 다음, 족보책을 가지고 어둠 속으로 사라졌다. 그 다음 날, 그러니까 어제 금요일, 학교에서 하루 종일 아무 일도 없었다. 아무도 근태와 나의 비밀을 모르는 모양이었다. 그런데 그게 아니었다. 속담에 낮말은 새가 듣고 밤말은 쥐가 듣는다더니, 정말 비밀은 없는 걸까? 오늘 아침 학교에 가자마자 근태와 나는 각각 자기네 두목한테 불려 갔던 것이다.

"그저께 근태가 늬 집에 갔었지?"

"응……."

어떻게 감히 거짓말을 하랴?

"아버지 심부름으로."

"무슨 심부름?"

"족보책을 가지러."

"족보책?"

"응……. 장근태하고 나는 일가여."

"임마, 그런 건 다 알고 있어. 그래서 너 근태한테 무슨 말 했니?"

"아무 말도 안 했어."

이건 거짓말이다. 근태가 탱크 욕을 하는 것만큼 많이는 못 했지만 나도 오토바이 녀석을 욕했던 것이다. 그렇지만 어떻게 "니 욕을 했어."라고 말할 수 있겠는가?

"그짓말 마! 이 자식, 너 근태한테 우리 양짓담 비밀 다 일러줬지?"

비밀이라니? 나는 어리둥절했다. 정말이지 오토바이의 말을 알아들을 수 없었다. 비밀이 뭔지도 모르겠거니와, 그런 게 있다 한들 양짓담에서 계속 살아온 근태가 모를 리 있겠는가?

나는 더듬거리며 내 생각을 말했다. 그러나 오토바이는 내 말을 들은 척도 않고,

"그렇다면, 좋아! 네가 정말 그렇게 깨끗하다면 그걸 증명해

봐. 이따 공터로 와. 거기서 근태하고 한판 붙는 거야. 이기면 네 말을 믿어 줄 테다. 알겠어?"

이런 말을 아침부터 들어 놨으니 공부가 될 리 있겠는가?

근태 쪽을 가끔 훔쳐보니, 역시 근태도 마찬가지로 불안한 기색이었다. 어쨌거나 시간은 우리 사정을 보아주지 않고 흐르는 거니까. 이윽고 나와 근태는 탱크의 사나운 눈총에 밀려 솔밭 뒤 공터로 들어갔다. 거기에는 오토바이와 다른 양짓담 아이들이 이미 와 있었다. 우리가 가자 곧 양쪽으로 편이 갈렸다. 오토바이가 내 등을 두드려 주면서 상대편에게 말했다.

"이건 어디까지나 일 대 일이다. 아무도 거들어 주면 안 돼!"

저쪽에서 탱크가 근태의 팔을 주물러 주며 대꾸했다.

"그건 염려 마. 늬들이나 비겁하게 끼어드는 일 없도록 해!"

"좋아!"

오토바이가 내 귀에 대고 속삭였다.

"늬 일가라고 사정 봐주면 나한테 죽을 줄 알어! 니가 더 크니까 이길 수 있어."

저쪽에선 탱크가 근태 귀에 입을 대고 수군거리고 있었다. 주먹으로 상대방을 치는 흉내를 내는 폼이 흡사 권투 시합장의 코치같이 보였다. 양짓담 아이들과 음실 아이들은 양편으로 갈라서서 침을 삼키며 우리를 바라보고 있었다. 나는 정말이지 싸우고 싶지 않았다. 더구나 상대가 근태 아닌가? 아버지가 아시면 뭐라고 하실까? 왜 내가 육촌 형인 근태하고 싸워야 한단 말인가? 근태도 딱한 얼굴을 하고 나를 쳐다보았다. 그러나 우리는 싸우지 않을 수 없었다. 아이들이 빙 둘러선 공터에서 우리들은 두 발짝쯤 서로 떨어져 마주 보았다.

"어서 덤벼!"

근태 뒤에서 탱크가 소리를 질렀다.

"깔아뭉개 버려!"

내 뒤에서는 오토바이가 소리 질렀다. 나는 엉거주춤 서서 손을 들어올렸다. 근태도 권투 선수처럼 손을 들고 나를 노려보았다.

"빨리 붙어!"

오토바이가 내 등을 확 밀었다. 내 어깨가 근태의 가슴에 힘껏 부딪쳤다. 근태는 비틀비틀 물러섰다.

"어어? 물러서지 마!"

이번에는 탱크가 근태의 몸을 내게로 밀어붙였다. 우리는 엉겁결에 껴안았다. 근태의 한쪽 손이 내 뺨에 날아왔다.

"철썩!"

나는 나도 모르는 사이에 근태의 가슴을 주먹으로 내질렀다.

"퍽!"

나는 근태의 멱살을 움켜잡고 발을 걸면서 뒤로 떼밀었다. 근태가 저만큼 뒤로 넘어졌다.

"좋아, 잘한다! 뭉개 버려."

오토바이가 소리쳤다. 나는 쓰러진 근태의 몸뚱이를 타고 앉았다. 그러고는 가슴팍, 어깨, 목덜미 할 것 없이 마구 갈겨 댔다. 녀석이 먼저 내 뺨을 쳤으니까 싸움을 걸어온 거다. 더구나 근태와 나는 아주 어렸을 적부터 툭하면 엉겨 붙어 싸우면서 자라난 사이였다. 근태가 밑에 깔린 채 주먹으로 내 콧등을 쳤다. 금방 코피가 터졌다. 나는 주르륵 흐르는 내 코피가 근태의 목덜미로 떨어지는 것을 보았다. 그 순간, 근태가 내 이름을 불렀다.

"성태야!"

나는 퍼뜩 정신이 들었다. 근태가 계속 내 이름을 불러 댔다.

"그만, 그만해! 성태야!"

나는 손을 멈추고 옆으로 비켜났다. 근태가 씩씩거리며 일어나 코피가 쏟아지는 내 얼굴을 제 손으로 닦아 주었다.

"야 임마! 장근태! 너 뭘 하고 있는 거야?"

홍탱크의 성난 목소리가 등 뒤에서 들려왔다. 근태는 피가 묻은 손을 엉덩이에 대고 서서 탱크를 노려보았다.

"빨리 끝판을 내 버려!"

이번에는 오토바이가 소리쳤다. 근태는 씩씩거리면서 언청이이기 때문에 발음이 좀 이상하긴 했지만 똑똑하게 말했다.

"난 안 싸워! 성태는 내 동생이야. 내가 왜 동생하고 싸우니?"

"뭐? 뭐라구? 너 내 말을 거역할 참이냐?"

"그래! 난 죽어도 안 싸운다!"

"이 자식이?"

소리와 함께 홍탱크의 주먹이 날아와 근태의 턱을 후려쳤다.

그때 나는 어느새 두 손에 큼지막한 돌을 들고 있었다. 무슨 생각을 했었는지는 조금도 기억나지 않는다. 다만, 탱크의 주먹에 쓰러진 나의 육촌 형 근태를 살려야 한다는, 그런 생각뿐이었던 것 같다.

"야잇! 개새끼들, 덤벼!"

나는 짐승처럼 소리를 지르며 탱크에게 덤볐다. 아이들이 우르르 달려들더니 내 팔을 움켜잡았다. 지금 생각하면 참 다행이었던 것 같다. 만일 아이들이 붙잡지 않았다면 아마도 나는 그 돌멩이로 탱크의 얼굴을 때리고 말았을 것이다.

"어? 이게 미쳤나?"

탱크가 어이없다는 듯이 나를 노려보더니 음실 쪽 아이들에게,

"뭣들 하고 있어? 저 성태 자식 요절을 내 버려!"

하고 명령을 내렸다. 그러자 근태가 음실 아이들 앞에 버티고 섰다.

"어떤 놈이든 성태를 건드리면 죽여 버릴 테여!"

아무도 움직이려 하지 않았다.

"늬들, 내 말 안 들려?"

탱크가 다시 소리를 질렀다. 그때 음실 마을 성백이가 입을 열었다.

"우린 이제 안 싸울 텨!"

양짓담 증민이도 말했다.

"그려, 이제부텀 우린 안 싸울 텨. 싸울 테면 늬들끼리나 싸워!"

아이들은 우르르 근태와 나를 둘러쌌다. 그리고는 밤나무 숲 아래 흐르는 개울로 걸어갔다. 우리들 뒤에는 유세아, 홍탱크, 오토바이 셋만 남아 서로 얼굴을 쳐다보며 멍하니 서 있었다.

근태는 맑은 개울물로 말라붙은 나의 코피를 씻어 주며,

"됐어, 이제는 서로 안 싸워도 되는 거야. 우리가 똘똘 뭉치기만 하면 저 새끼덜 꼼짝 못하게 할 수도 있어."

혼자서 중얼거리고 있었다. 가까운 숲 어디에서 부엉이 우는 소리가 들려왔다.

《육촌 형》(보림출판사, 2004)

이현주

1944년 충북 충주에서 태어나 신학자이자 동화작가, 번역가로 활발히 활동하고 있습니다. 《알게 뭐야》, 《날개 달린 아저씨》, 《간디》 등의 아동문학 작품집과 《젊은 세대를 위한 신학강의》, 《길에서 주운 생각들》 등을 펴냈습니다.

:: 내용 되새기기

1 육촌 형 근태는 방학 때 어떤 힘든 일을 했나요?

2 사이좋던 음실과 양짓담 마을이 서로 사이가 나빠진 것은 언제부터인가요?

3 '나'는 왜 육촌 형 근태와 싸우게 되었나요?

:: 생각해 보기

1 '나'와 근태가 싸움을 하다 멈춘 까닭은 무엇일까요?

2 음실과 양짓담 아이들의 싸움을 남북 분단과 비교해 보세요.

더 읽어 보기

사회를 비판적으로 바라보는 재미있는 이현주의 동화 – 〈날개 달린 아저씨〉, 〈알 게 뭐야〉, 〈누가 바보일까요?〉

이런 음악회

김유정

음악도 이만하면 나는 얼마든지 들을 수 있다 생각하였다. 그리고 저도 모르게 어깨가 실룩실룩하다가 급기야엔 나도 따라 발을 구르며 재청을 청구하였다. 바이올린도 잘했거니와, 그러나 나는 바이올린보다 씩씩한 그 응원을 재청한 것이다.

내가 저녁을 먹고서 종로 거리로 나온 것은 그럭저럭 여섯 점 반이 넘었다. 너펄대는 윗옷 주머니에 두 손을 꽉 찌르고 그리고 휘파람을 불며 올라오자니까,

"얘!"

하고 팔을 뒤로 잡아채며,

"너 어디 가니?"

이렇게 황급히 묻는 것이다.

나는 삐끗하는 몸을 고르잡고 돌려보니, 교모를 푹 눌러 쓴 황철이다. '본디 성미가 겁겁한• 놈인 줄은 아나 그래도 이토록 씨근거리고 긴 달려듦에는' 하고,

"왜 그러니?"

"너 오늘 콩쿨 음악 대횐 거 아니?"

"콩쿨 음악 대회?"

하고 나는 좀 떠름하다가• 그제서야 그 속이 뭣인 줄을 알았다.

이 황철이는 참으로 우리 학교의 큰 공로자이다. 왜냐하면 학교에서 무슨 운동 시합을 하게 되면 늘 맡아 놓고 황철이가 응원대장으로 나선다. 뿐만 아니라 제 돈을 들여 가면서 선수들을(학교에서 먹여야 본디 옳을 건데) 제가 꾸미꾸미 끌고 다니며 먹이고 놀리고 이런다. 그리고 시합 그 이튿날에는 목에 붕대를 칭칭하

• 겁겁한 | 성미가 급하고 참을성이 없는.
• 떠름하다가 | 마음이 썩 내키지 않아 하다가.

게 감고 와서 똑 벙어리 소리로,

"어떠냐? 내 어제 응원을 잘해서 이기지 않았니?"

하고 잔뜩 뽐을 내고는,

"그저 시합엔 응원을 잘해야 해!"

그러니까 이런 사람은 영영 남 응원하기에 목이 잠기고 돈을 쓰고 이래야 되는, 말하자면 팔자가 응원 대장일지도 모른다. 이번에도 콩쿨 음악 대회에 우리 반 동무가 나갔고 또 요행히 예선에까지 붙기도 해서, 놈이 어제부터 응원대 모으기에 바빴다. 그러나 나에게는 아무 말도 없더니 왜 붙잡나 싶어서,

"그럼 얼른 가 보지, 왜 이러구 있니?"

"다시 생각해 보니까 암만 해도 사람이 부족하겠어."

하고, 너도 같이 가자고 팔을 막 잡아 끄는 것이다.

"너나 가거라, 난 음악횐 싫다."

나는 이렇게 그 손을 털고 옆으로 떨어지다가,

"재! 재! 내 이따 나오다가 돼지고기 만두 사 주마."

함에는 어쩔 수 없이 고개를 모로 돌리어,

"대관절 몇 시간이나 하냐?"

하고 묻지 않을 수 없다. 그러나 그 대답이 끽 두 시간이면 끝나리라 하므로 나는 안심하고 따라 나섰다.

둘이 음악회장 입구에 헐레벌떡하고 다다랐을 때에는 우리 반 동무 열세 명은 벌써 와서들 기다리고 섰다. 저희끼리 낄낄거리고 수군거리고 하는 것이 아마 한창들 흥계가 벌어진 모양이다.

황철이는 우선 입장권을 사 가지고 와 우리에게 한 장씩 나누어 주고 명령을 하는 것이다. 즉 우리들이 네 무데기로 나누어서 회장의 전후좌우로 한 구석에 한 무데기씩 앉고, 시치미를 딱 떼고 있다가 우리 악사만 나오거든 덮어놓고 손바닥을 치며 재청이라고 악을 쓰라는 것이다. 그러면 암만 심사원이라도 청중을 무시하는 법은 없으니까 일등은 반드시 우리의 손에 있다고 하나, 다른 악사가 나올 적에는 손바닥커녕 아예 끽소리도 말라 하고 하나씩 붙들고는 그 귀에다,

"알았지, 응?"

그리고 또,

"알았지, 재청?"

하고 꾹꾹 다진다.

"그래 그래, 알았어!"

나는 쾌히 깨닫고 황철이의 뒤를 따라서 회장으로 올라갔다.

새로 건축한 넓은 대강당에는 벌써 사람들 머리로 까맣게 깔리었다. 시간을 기다리다 지루했는지 고개들을 길게 뽑고 수선스레 들어가는 우리를 돌아본다.

우리는 황철이 명령대로 덩어리 덩어리 지어 사방으로 헤어졌다. 나는 황철이와 또 다른 동무 하나와 셋이서 왼쪽으로 뒤 한 구석에 자리를 잡았다.

일곱 점 정각이 되자 북적거리던 장내가 갑자기 조용하여진다. 모두들 몸을 단정히 갖고 긴장된 시선을 모았다.

제일 처음이 순서대로 여자의 성악이었다. 작달막한 젊은 여자가 나와 가냘픈 음성으로 노래를 부르는데 너무도 귀가 간지럽다. 하기는 노래보다도 조그만 두 손을 가슴께 꼬부려 붙이고 고개를 갸웃이 앵앵거리는 그 태도가 나는 가엾다 생각하고 하품을 길게 뽑았다. 나는 성악은 원래 좋아도 안 하려니와 일반 음악에도 씩씩한 놈이 아니면 귀가 가려워 못 듣는다.

그 다음에도 역시 여자의 성악, 그리고 피아노 독주, 다시 여자의 성악……. 그러니까 내가 앞의 사람 의자 뒤에 고개를 틀어박고 코를 곤 것도 그리 무리는 아닐 듯싶다.

얼마쯤이나 잤는지는 모르나 옆의 황철이가 흔들어 깨우므로 고개를 들어 보고, 비로소 우리 악사가 등장한 걸 알았다. 중학 교복으로 점잖이 바이올린을 켜고 섰는 양이 귀엽고도 한편 앙증해 보인다. 나도 졸음을 참지 못하여 눈을 감은 채 손바닥을 서너 번 때렸으나, 그러다 잘 생각하니까 다른 동무들은 다 가만히 있는데 나만 치는 것이 아닌가. 게다가 황철이가 옆을 콱 치면서,

“이따 끝나거든.”

하고 주의를 시켜 주므로 나도 정신이 좀 들었다.

나는 그 바이올린보다도 응원에 흥미를 갖고 얼른 끝나기만 기다렸다.

연주가 끝나기가 무섭게 우리들은 목이 마른 듯이 손바닥을 치기 시작하였다. 이렇게 치고도 손바닥이 안 해지나 생각도 하

였지만 이쪽에서,

"재청이요!"

하고 악을 쓰면 저쪽에서,

"재청! 재청!"

하고 고함을 냅다 지른다.

나도 두 귀를 막고 "재청!"을 연발했더니, 내 앞에 앉은 여학생 계집애가 고개를 뒤로 돌리어 딱한 표정을 하는 것이 아닌가.

이렇게 우리들은 기가 올라서 응원을 하련만, 황철이는 시무룩하니 좋지 않은 기색이다. 그 까닭은 우리 십여 명이 암만 악장을 쳐도 퀑하게 넓은 그 장내, 그 청중으로 보면 어디서 떠드는지 알 수 없을만치 우리들의 존재가 너무 희미하였다. 그뿐 아니라 재청을 요구함에도 불구하고 이번에는 말쑥이 차린 신사 한 분이 바이올린을 옆에 끼고 나오는 것이다.

신사는 예를 멋지게 하고 또 역시 멋지게 바이올린을 턱에 갖다 대더니, 그 무슨 곡조인지 아주 장쾌한 음악이다. 그러자 어느 틈에 그는 제멋에 질리어 팔뿐 아니라 고개며 어깨까지 바이올린 채를 따라다니며 꺼떡꺼떡 하는 모양이 얘, 이놈 참 진짜로구나, 하고 감탄 안 할 수 없다. 더구나 압도적 인기로 청중을 매혹케 한 그것을 보더라도 우리 악사보다 몇 배 뛰어남을 알 것이다.

그러나 내가 더 놀란 것은 넓은 강당을 뒤엎는 듯한 그 환영이다. 일반 군중의 시끄러운 박수는 말고 위층에서(한 삼사십 명 되리라.) 떼를 지어 악을 쓰는 것이 아닌가. 재청 소리에 귀청이 터지지 않은 것도 다행은 하나, 손뼉이 모자랄까 봐 발까지 굴러 가며 거기에 장단을 맞추어 부르는 재청은 참으로 썩 신이 난다. 음악도 이만하면 나는 얼마든지 들을 수 있다 생각하였다. 그리고 저도 모르게 어깨가 실룩실룩 하다가 급기야엔 나도 따라 발을 구르며 재청을 청구하였다. 실상 바이올린도 잘했거니와, 그러나 나는 바이올린보다 씩씩한 그 응원을 재청한 것이다.

그랬더니 황철이가 불끈 일어서며 내 어깨를 잡고,

"이리 좀 나오너라."

이렇게 급히 잡아 끈다. 그리고 아무도 없는 변소로 끌고 와 세워 놓더니,

"너 누굴 응원하러 왔니?"

하고 해쓱한 낯으로 입술을 바르르 떤다. 이놈은 성이 나면 늘 이 꼴이 되는 것을 잘 알므로,

"너 왜 그렇게 성을 내니?"

"아니, 너 뭐 하러 예 왔냐 말이야?"

"응원하러 왔지!"

하니까 놈이 대뜸 주먹으로 내 복장을 콱 지르며,

"예이 이 자식! 우리 건 고만 납작했는데, 남을 응원해 줘?"

그리고 또 주먹을 내대려 하니 암만 생각해도 아니꼽다. 하여튼 잠깐 가만히 있으라고 손으로 주먹을 막고는,

"너 왜 주먹을 내대니, 말로 못 해?"

하다가,

"이놈아! 우리 얼굴에 똥칠한 것 생각 못 하니?"

하고 또 주먹으로 대들려는 데는 더 참을 수 없다.

"돼지고기 만두 안 먹으면 그만이다!"

이렇게 한마디 내뱉고는 나는 약이 올라서 부리나케 층계로 내려왔다.

《중앙》 1936년 4월호 (조선중앙일보사)

김유정

1908년 강원도 춘천에서 태어났습니다. 1935년 소설 〈소낙비〉와 〈노다지〉를 발표하며 문단에 등장하였으나, 29세의 나이에 폐결핵으로 요절했습니다. 짧은 기간 동안 30여 편의 작품을 남겼는데, 〈금 따는 콩밭〉, 〈봄봄〉, 〈동백꽃〉, 〈따라지〉, 〈산골 나그네〉 등과 같은 토속적이고 민중적인 작품들이 대부분입니다.

:: 내용 되새기기

1 '나'는 왜 음악회에 가게 되었나요?

2 '나'가 진심으로 응원을 보낸 사람은 누구인가요?

3 황철이는 왜 '나'에게 화를 냈나요?

:: 생각해 보기

1 황철이의 가장 큰 문제점은 무엇일까요?

2 진정한 실력보다 자기편(친구, 가족, 지역, 나라 등)만 옳다고 고집한 경우는 없었는지 생각해 보세요.

더 읽어 보기

1920~30년대 농촌을 배경으로 쓴 익살스러운 김유정의 단편소설 – 〈동백꽃〉, 〈봄봄〉, 〈따라지〉

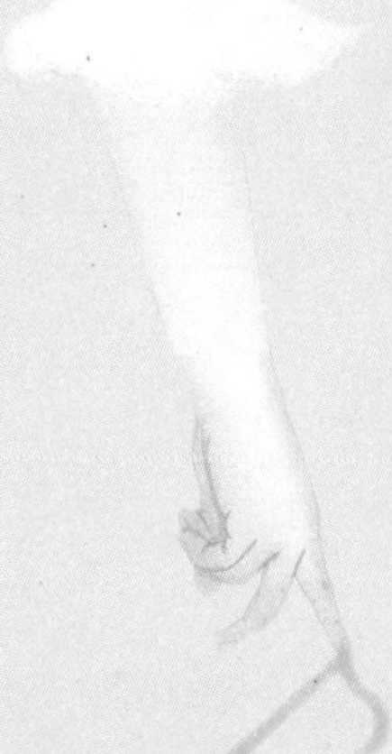

마지막 임금님

박완서

사나이와 임금님은 오래간만에 마주 보았습니다. 사나이는 여지껏 임금님이 본 사나이 중에서 가장 행복해 보였습니다. 이럴 수가, 세상에 이럴 수가……. 임금님은 드디어 두려움이 극도에 달해 떨리는 무릎을 사나이 앞에 꿔었습니다.

"너는, 너는 아직도 나보다 행복하구나."

옛날에 사시장철 춥지도 더웁지도 않게 날씨 좋고 땅은 기름진 고장에 작고 아름다운 나라가 있었습니다.

그 나라를 다스리는 임금님도 그 나라의 자연만큼이나 자비로워 그 나라의 백성들은 모두 행복했습니다.

나쁜 짓을 한 죄인을 가두기 위한 감옥이 오래전부터 비어 있어 관광지가 된 지 몇 년째입니다. 백성들이 사는 고장은 어디나 맑고 청결하고 자유롭기 때문에, 어둡고 더럽고 부자유스러운 고장이 백성들에게 인기 있는 구경거리가 될 수 있었던 것입니다.

사람들이 고르게 행복하니까 싸우거나 빼앗거나 속일 일이 없고, 그런 잘못을 가려내어 벌을 주기 위한 법도 쓸모가 없게 되었습니다. 몇 장 안 되는 얇은 법전에 써 있는 법조문을 써먹지 않은 지도 감옥을 써먹지 않은 것만큼이나 오래되었습니다. 그럴 리야 없겠지만 써먹을 일이 생겨도 큰일입니다. 법조문은 너무 오래 아무 일도 안 하고 햇볕을 본 일도 없어 죽어 버렸기 때문입니다.

그러나 이 나라의 헌법만은 아직 살아 있습니다. 이 나라의 헌법은 일 조 두 줄로 되어 있습니다.

"이 나라의 백성들은 고루 행복할 권리가 있다. 단 임금님보다는 덜 행복할 이유가 있다."

이것이 이 나라 헌법의 전문입니다.

이 나라의 백성들은 헌법대로 고루 행복하지만 임금님보다는 덜 행복합니다.

이 나라를 세운 임금님은 백성들이 고루 행복한 나라를 만들려던 당초의 큰 뜻을 이룩했기 때문에 아무런 근심도 없어야 합니다. 그러나 나라를 이룩하기 위해 갖은 고생을 다한 임금님이 백성들보다는 조금이라도 더 행복하지 못하면 억울하다고 생각하는 마음이 날로 더해서, 백성들이 헌법으로 정한 의무를 한 사람이라도 하루라도 게을리할까 봐 늘 불안합니다.

그래서 도둑놈도 사기꾼도 없는 나라건만, 많은 관리를 두어 행여 임금님보다 더 행복한 사람이 생길까 봐 감시하는 일을 맡기고 있습니다. 그러나 아직 한 사람도 임금님보다 더 행복해서 붙잡히거나 벌 받은 사람은 없습니다. 왜냐하면 감시받고 있다는 두려움과 불안감 때문에 백성들은 조금씩이나마 고루 불행했기 때문입니다.

임금님의 또 하나의 근심은 자기가 죽은 후에 백성들이 마음 놓고 행복하면 어떡하나 하는 것이었습니다. 임금님은 자기가 죽은 후에도 이 세상에 행복이 그대로 남아 있다는 걸 차마 용서할 수가 없었습니다. 임금님은 늙어 갈수록 그 생각으로 잠 못 이루는 밤이 많아졌습니다.

잠 못 이루고 생각을 거듭한 끝에 한 꾀가 떠올랐습니다. 그것은 임금님이 죽은 후에 일제히 불행해질 수 있도록 그 예행연습을 지금부터 백성들에게 시키는 일입니다.

궁성에서 조포가 슬피 우는 것을 신호로 상점은 문을 닫고, 백성들은 회색 옷을 입고 슬피 통곡하는 것입니다. 이때 임금님은 궁성의 가장 높은 망루에서 온 나라가 슬픔에 잠긴 걸 굽어보며 앞으로 다가올 죽음의 공포를 잊고 혼자만의 기쁨을 맛보는 것이었습니다.

임금님이 가짜로 죽고, 백성들이 그 후의 불행을 예행연습하는 날이 일 년에 한 번씩 있었습니다만, 한 달에 한 번으로 늘어나고 다시 일주일에 한 번으로 늘어나고 그러다가 아무 때나 임금님이 마음 내킬 때에는 언제라도 하게 되었습니다.

불행의 예행연습이 없는 날이면 임금님은 몰래 궁성을 빠져나와 백성들이 사는 마을로 미행을 다니기도 합니다. 임금님은 백성들이 임금님보다는 덜 행복해야 된다는 헌법이 잘 지켜지고 있나를 감시하는 일을 관리들에게만 맡기고 있으려니 안심이 안 되어 직접 눈으로 보고 싶었기 때문입니다.

미행을 다녀온 날이면 임금은 다른 날보다 행복했습니다. 임금님이 만난 백성들은 하나같이 자주 있는 불행의 예행연습 때문에 눈이 퉁퉁 부어 있고 행여나 임금님보다 더 행복해지면 어쩌나 하는 불안으로 일그러져서 잘 먹고 잘 입고 잘 사는 것과는 상관없이 임금님보다는 덜 행복해 보였기 때문입니다.

그러던 어느 날입니다. 미행을 나갔다가 만난 한 사나이 때문에 임금님은 깜짝 놀랐습니다. 그 사나이는 임금님이 만난 어떤 백성하고도 달랐습니다. 그 사나이는 늙지도 젊지도 않은 나이에 보통으로 생긴 얼굴에 수수한 옷을 입고 있었는데도 임금님이 깜짝 놀랄 만큼 딴 사람들과 달라 보였습니다.

궁성으로 돌아온 임금님은 깜짝 놀란 까닭에 대해 곰곰이 생각했습니다. 그러다가 무릎을 탁 치며 그 사나이를 처음 만났을 때보다 더 한층 놀랐습니다. 그 사나이는 백성들 중에서 뛰어나게 행복해 보였을 뿐 아니라 임금님보다도 행복해 보였던 것입니다.

임금님은 즉시 관리를 풀어서 그 사나이에 대한 조사를 시켰습니다. 그 사나이의 신분은 마을의 우두머리인 촌장이었고, 아름다운 아내와 착한 아들딸과 넓고 기름진 땅을 가지고 있었습니다. 그 사나이가 가지고 있는 것을 샅샅이 안 이상 그를 임금님보다 덜 행복하게 만드는 일은 아주 쉬운 일입니다.

임금님은 그가 갖고 있는 것 중에서 가장 소중한 것 하나를 빼앗기로 했습니다. 그것은 촌장 자리입니다. 임금님은 뭐니뭐니 해도 권력처럼 사람을 행복하게 하는 건 없다고 믿고 있었기 때문입니다.

촌장의 권력이란 임금님의 권력에다는 댈 것도 아닙니다. 마을에서 일어나는 자잘한 일을 간섭하고, 해결하고, 마을 사람들을 위해 옳다고 생각하는 것을 주장하고 처리할 수 있는, 마을 안에서의 작은 힘에 지나지 않습니다. 그의 힘으로 처리한 일은 모두 보잘것없는 일이었습니다. 한 신랑을 놓고 두 여자가 시집가고 싶어 할 때, 어느 여자를 시집보낼 것인가, 부모를 일찍 여의어 고아가 된 아이들을 뉘 집으로 입양시킬 것인가, 자식이 먼저 죽어 외롭게 된 노인을 누가 모실까 등을 당사자의 입장이 되어 오래 생각하고 불평이 가장 적은 방법으로 해결해 준 일이 있습니다.

이런 보잘것없는 권력이나마 빼앗기니 촌장의 얼굴은 일그러졌습니다. 이제 촌장 아닌 보통 사람이 된 남자의 얼굴이 딴 백성들과 닮은 모습으로 일그러지는 것을 확인한 임금님은 만족했습니다.

그러나 이 나라 어디엔가 임금님보다 행복한 백성이 또 있을지도 모른다는 의심이 싹트기 시작했습니다. 그래서 다시 미행을 나가게 되고 또 한 번 깜짝 놀랐습니다. 촌장 자리를 빼앗긴 사나이가 여전히 임금님보다 더 행복하게 살고 있었기 때문입니다.

"당신은 촌장일 때와 마찬가지로 행복하군요."

임금님은 지나가는 나그네처럼 말을 시켰습니다.

"네, 처음에는 좀 서운했습니다만 곧 달라진 건 아무것도 없다는 것을 알았습니다. 마을 사람들은 여전히 나를 존경하고 사랑해 줍니다. 그리고 무엇보다도 나에겐 처자식을 만족스럽게 입히고 먹일 재산이 있습니다."

임금님은 속으로 권력보다는 재산이 더 사람을 행복하게 하는 것을 알아차렸습니다. 임금님은 곧 궁성으로 돌아와 명령을 내려 그 사나이의 재산을 몰수시켰습니다. 처자식과 함께 그 사나이는 거지가 될 수밖에 없었습니다.

그러나 이 나라 어딘가에 임금님보다 행복한 사람이 있을지도 모른다는 불안이 임금님에게서 아주 떠나지 않았습니다. 임금님은 다시 미행을 나섰습니다. 나라 안을 두루 돌다 아니나 다를까, 또 임금님보다 행복한 사람을 만났습니다. 그 사람은 같은 죄로 권력과 재산을 빼앗긴 그 사나이였습니다.

"당신은 권력도 재산도 없으면서 여전히 행복하군요?"

임금님은 지나가는 나그네처럼 말을 시켰습니다.

"네, 처음엔 못 살 것 같았습니다만 곧 다시 행복해졌습니다. 권력과 재산이 있을 때는 가족이 나를 얼마나 사랑하나, 내가 가족을 얼마나 사랑하나를 확인할 길이 없었습니다. 우린 이제 부족한 것 투성이입니다. 부족한 것을 사랑으로 채우지 않으면 안 됩니다. 그래서 서로 더 많이 사랑하고자 애쓰다 보니, 보시다시피 이렇게 행복합니다."

임금님은 드디어 모진 결심을 했습니다. 그에게서 가족을 빼앗기로 말입니다. 그것도 이 나라를 세운 당초의 큰 뜻, 즉 백성들을 고루 행복하게 하려는 것과는 크게 어긋나는 일이었습니다. 그러나 이 나라 백성이라면 꼭 지켜야 할, 임금님보다는 덜 행복해야 된다는 헌법을 어긴 것을 용서할 수는 없었습니다.

임금님도 백성에게 그런 모진 벌을 주기는 처음이라 매우 마음이 언짢았습니다. 조금이라도 좋으니 임금님보다 덜 행복했으면 그런 벌을 안 내렸으련만 참 욕심 많은 놈도 다 있다 싶습니다.

사나이의 가족이 딴 나라로 추방되던 날, 사나이와 그의 가족은 어찌나 서럽게 울면서 서로 떨어지길 싫어하는지 보는 사람마다 발길을 멈추고 동정의 눈물을 흘렸다고 합니다. 그들을 떼어 놓는 일을 맡아 한 관리는 인정이 보통 사람보다 적은 사람이었는데도 가족이 아니라 생사람의 사지를 찢어 내는 것처럼 그 일을 하기는 마음 아픈 일이었노라고 두고두고 말했습니다.

임금님도 마음이 아팠습니다. 이 나라에서 자기가 가장 행복하기 위해서 그렇게까지 했어야 옳았을까 하고 문득문득 뉘우쳤습니다. 뉘우치는 마음으로 괴로울 때마다 나라의 헌법을 지키기 위해선 그 방법밖에 없었다고 스스로를 위로했습니다.

임금님은 다시 미행을 나섰습니다. 그 사나이 일이 마음에 걸려서입니다. 이 나라 백성이 임금님보다 더 행복한 것은 용서할 수 없는 일이었지만, 이 나라 백성이면 고루 행복할 수 있다는 권리를 너무 오래 빼앗는다는 것도 임금님의 자비심에 어긋났습니다.

그런데 이게 웬일입니까? 권력과 재물과 가족까지 잃고도 그 남자는 행복해 보였습니다. 임금님보다 더 행복하게 보였습니다.

"당신은 아직도 행복하군요? 권력도 재물도 가족까지 잃고 나서도……."

"가족과 헤어지는 고통은 정말로 참을 수가 없었습니다. 그 당시는 이 세상에서 가장 불행한 사람이 된 줄 알았습니다. 그러나 지금은 행복합니다. 가족은 인편으로 또는 풍편으로 자주 소식을 보냈습니다. 사랑하노라고요. 그리고 곧 다시 함께 살 날이 있을 거라고요. 사랑하는 사람들과 다시 함께 살 수 있을 거라는 희망이 나의 하루하루를 행복하게 해 줍니다."

임금님은 불같이 노해 궁성으로 돌아왔습니다. 그리고 먼 나라로 사람을 보내 끈질기게 행복하기만 한 사나이의 가족을 불러들여 사형에 처했습니다. 죄 없이 죽어 가는 사람을 보고 백성들은 임금이 미친 게 아닌가 의심하면서 슬퍼했습니다. 그러나 법전의 말들은 옛날에 죽어 버렸기 때문에 임금님의 말이 곧 법이었습니다.

그리고 나서 한동안이 지났습니다. 사람을 함부로 죽이고 난 임금님은 점점 심성이 거칠어져 남의 말을 잘 믿지 않게 되고 그래서 더욱 자주 미행을 다녔습니다. 그러다가 또다시 그 남자를 만난 것입니다. 놀랍게도 그 남자는 아직도 임금님보다 행복해 보였습니다. 임금님은 놀라움보다는 두려움을 먼저 느꼈습니다. 임금님이 신도 아닌 사람을 두려워하다니, 말도 안 됩니다. 임금님은 지나가는 나그네처럼 예사롭게 말을 하려 했지만 목소리는 떨렸습니다.

"당신은 아직도 행복하군요? 외롭고 가난한 줄만 알았더니……."

"외롭고 가난합니다. 처음에는 너무 외롭고 가난해서 못 살 것 같았습니다. 그러나 차츰 외롭고 가난하기 때문에 누릴 수 있는 행복이 따로 있다는 걸 알게 되었습니다. 외롭고 가난하기 때문에 나는 아무에게도 매임이 없이 자유롭습니다."

임금님은 궁성으로 돌아와 끈질기게 행복하기만 한 사나이의 체포를 명령했습니다. 그 사나이의 자유를 빼앗기 위해 관광의 명소로 변한 감옥이 다시 옛날의 감옥으로 돌아가야 합니다. 대대적인 수리가 시작됐습니다. 녹슨 쇠창살은 튼튼한 새것으로 갈아 끼우고 헐어진 담장은 높이 쌓았습니다. 한 사나이의 자유를 빼앗기 위해 밤이나 낮이나 지켰습니다.

절망에 빠진 사나이가 슬피 우는 소리가 궁성까지 들렸습니다. 임금님은 자유야말로 그 사나이의 마지막 행복이었으리라고 생각했습니다. 사나이에게서 더 이상 빼앗을 것이 없어지자 사나이에 대한 임금님의 관심도 없어졌습니다. 미행도 다니지 않게 되었습니다. 그 대신 임금님이 죽으면 백성들이 일제히 빠르게 불행해질 수 있도록 연습하는 불행의 예행연습만 더 자주 시키게 되었습니다.

감옥에서 들리던 통곡 소리도 지친 듯이 가라앉고 오랜 침묵이 계속됐습니다.

어느 날 임금님은 아름다운 노랫소리에 이끌려 궁성 밖으로 나갔습니다. 노랫소리는 높은 담장 안에서 들려오고 담장 밖에는 임금님 말고도 노랫소리에 이끌려 모여든 많은 백성들이 황홀한 얼굴로 노랫소리에 귀를 기울이고 있었습니다. 노랫소리를 듣는 동안 임금님은 여지껏 한 번도 느껴 보지 못한 새롭고 기이한 행복감에 몸을 떨었습니다. 그러나 노랫소리가 멎자 임금님은 거기 모인 백성들과 똑같이 행복했다는 것을 창피하게 생각했습니다.

임금님은 감히 임금님에게 창피를 준 노랫소리를 벌주어야겠다고 생각했습니다. 높은 담장 속은 감옥이었습니다. 임금님은 감옥에서 다시 그 사나이를 만났습니다.

그 사나이는 노래만 잘 부르는 게 아니라 손재주도 있어 방 안에는 그가 만든 온갖 아름다운 것으로 가득 차 있었습니다. 지푸라기, 나무젓가락, 밥풀 등 보잘것없는 것으로 만든 조형들이 영혼이 있는 것처럼 제각기의 신비한 표정을 지니고 서로 사이좋게 어울려 있었습니다.

사나이와 임금님은 오래간만에 마주 보았습니다. 사나이는 여지껏 임금님이 본 사나이 중에서 가장 행복해 보였습니다. 이럴 수가, 세상에 이럴 수가…….

임금님은 드디어 두려움이 극도에 달해 떨리는 무릎을 사나이 앞에 꺾었습니다.

"너는, 너는 아직도 나보다 행복하구나."

임금님은 이제 지나가는 나그네인 척할 만할 마음의 여유도 없습니다.

"네, 임금님 저는 지금 행복합니다. 처음 이곳에 갇히고 나서는 미치거나 죽어 버리지 않으면 못 견딜 만큼 고통스러웠습니다. 하지만 차츰 그 고통을 아름다움으로 바꾸는 법을 알아냈습니다. 제 고통에서 태어난 아름다움을 통해 저는 담장 밖의 세상 사람하고도 제가 죽은 후의 세상 사람하고도 자유롭게 만날 수가 있습니다. 저는 행복합니다. 임금님이 팔자를 바꾸래도 거들떠도 안 볼 만큼 행복합니다."

임금님은 눈물을 머금고 이 나라의 신성한 헌법을 끝끝내 어긴 죄인을 극형에 처하기로 했습니다. 헌법이란 백성의 목숨을 걸고도 지킬 만한 거라고 임금님은 생각했습니다.

임금님은 손수 독배를 들고 사나이를 다시 찾았습니다.

제아무리 행복에 끈질긴 사나이로서니 독배를 받들고서야 절망으로 일그러진 얼굴을 보여 줄 수밖에 없을 것입니다. 그리고 그 일그러진 얼굴을 회복시킬 기회는 없을 것입니다. 일그러진 얼굴이야말로 그 사나이의 영원한 얼굴이 될 것입니다.

복수의 기쁨으로 임금님의 얼굴이야말로 사납게 일그러졌습니다.

"그대는 이 나라의 신성한 헌법을 한두 번도 아니고 수없이 모독한 죄로 이에 독배를 내리노라."

꿇어앉아 메마른 나무젓가락에 이 세상을 온통 껴안을 수 있을만큼 인자하고 너그러운 얼굴을 새기고 있던 사나이가 천천히 얼굴을 들었습니다. 사나이의 수척한 얼굴은 일그러지기는커녕 빈틈없이 가득해졌습니다. 때 묻었으면서도 티끌 하나 없는 것처럼 순수했습니다. 그건 불행한 얼굴도 행복한 얼굴도 아니었습니다. 그런 것들을 통틀어 걸러 낸, 다만 아름다운 얼굴이었습니다.

임금님은 타는 듯한 질투를 느꼈습니다. 그 얼굴이야말로 임금님이 자기의 것으로 삼고 싶었던 얼굴이었기 때문입니다.

사나이는 독배를 받으면서 조용히 말했습니다.

“임금님의 은총이 하해와 같으십니다. 이제야 아내와 아이들이 기다리고 있는 하늘나라로 가게 되었군요. 쉬고 싶었습니다. 임금님보다 덜 행복하게 살기는 참으로 힘든 일이었으니까요.”

“그대는 끝끝내 나를 이길 셈이군. 그렇지만 이번만은 안 되네. 이번만은 그대에게 질 수가 없어. 이번에 지면 영원히 만회할 수 없을 테니까.”

사나이가 입으로 가져가려는 독배를 임금님은 황급히 빼앗더니 대신 마셔 버렸습니다.

《마지막 임금님》(샘터, 1980)

박완서

1931년 경기도 개풍에서 태어났습니다. 평범한 주부로 살다가 40세에 소설가로 등단하였습니다. 그의 소설에는 일상에 대한 섬세하고 현실적인 감각과 6·25에 의해 초래된 비극적 사건의 기억이 많이 나타납니다. 지은 책으로《엄마의 말뚝》,《미망》,《그해 겨울은 따뜻했네》,《그 많던 싱아는 누가 다 먹었을까》등이 있습니다.

:: 내용 되새기기

1 임금님이 만든 '행복'에 관한 헌법 내용은 무엇인가요?

2 임금님이 사나이에게 빼앗은 것은 무엇인가요?

3 임금님이 마지막으로 사나이에게 빼앗은 것은 무엇인가요?

:: 생각해 보기

1 사나이는 어떻게 모든 것을 빼앗기고도 끝까지 행복할 수 있었을까요?

2 진정한 행복이 무엇인지 생각해 보세요.

더 읽어 보기

사회 비판적 내용을 담은 박완서의 성장소설 – 〈엄마의 말뚝〉, 〈자전거 도둑〉, 〈옥상의 민들레꽃〉

까뻬

김문세

어느덧 반년이 지났다. 까삐는 인젠 몰라보게 변했다. 껑충한 키꼴, 총명하고 영리해 보이는 두 눈, 뚝 벋치고 서면 무엇이라도 지치러뜨릴 듯한 기세, 까삐는 제창 군견다운 모습을 갖추었다. 오직 변하지 않은 것이라면 까삐와 나 사이의 정이었다.

1

까삐는 내가 사랑했던 개이다.

까삐가 어디에서 태어나고 까삐의 에미는 어떻게 생긴 개이고 까삐는 또 어떻게 되어 우리 집에까지 오게 되었는가 하는 것에 대해서는 나도 모른다.

아마 2년 전의 어느 하루 아침이라고 생각된다. 내가 아직 채 잠기를 깨기 전에 밖에서 어머니가 아버질 보고 하는 소리다.

"여보세요, 어디서 온 개인지 저걸 좀 보세요."

이윽고 아버지의 우렁진* 목소리가 들려왔다.

"하하, 기적이요, 기적! 강아지가 굴암퇘지*의 젖을 파 먹다니……."

'뭐, 강아지!'

호기심이 바싹 든 나는 대충 바짓가랑이를 꿰고 밖에 나섰다.

하느님 맙시사, 어데서 굴러온 깜찍하고 가련한 강아진가. 아버지와 어머니 사이에 끼여 발돋움하던 나는 저도 모르게 "우라!" 하고 환성을 올렸다.

두 귀가 빨쭉하고* 검은 잿빛 털을 가진 이 죄꼬만 강아지는

* 우렁진 | 소리의 울림이 크고 힘찬.
* 굴암퇘지 | 어머니 돼지. 아버지 돼지는 '씨돼지'라고 한다.
* 빨쭉하고 | 끝이 약간 뾰족하게 내밀어 있고.

아마 몹시 지치고 배고팠던 모양인지 아니면 굴암퇘지를 자기의 어미로 여겼던 모양인지 떠들썩하는 우리에게는 눈 팔 염을 않고 새끼 돼지들 사이에 끼어들어 탐스럽게 젖을 파고 있었다.

그런데 이상한 것은 굴암퇘지였다. 가로 척 드러누워 두 눈을 슴벅이며 그저 이따금 꿀꿀거릴 뿐 까딱 움직이지 않고 있다. 이 저팔계는 아마 하늘의 옥황상제가 간밤에 자기한테 옥동자를 기부한 줄로 여기는 모양이다.

이날 나는 학교에 가 내 옆에 앉은 영철이한테 수업 시간에 신기한 일을 살금살금 이야기하다가 선생님의 지적을 받았다.

"선생님, 강아지가 돼지 젖을 먹고 자랄 수 있습니까?"

무슨 일에서나 호기심이 강한 영철이가 당돌하게 벌떡 일어서서 선생님한테 물었다.

"하하하……."

영철이의 물음은 도리어 전 학급 학생들의 폭소를 자아냈다.

이 일로 하여 하학 후 영철이와 나는 선생님한테 불려가 톡톡히 꾸중을 들었다.

집으로 돌아오는 길에 나는 기분이 잡쳤으나 영철이만은 대수롭지 않다는 듯 휘파람을 휙휙 불며 기어코 우리 집에 가 그 강아지를 한번 보겠다며 호들갑을 떨었다.

"김호야, 자…… 주의, 꼬독꼬독* 여길 봐 찰칵, 찰칵……."

영철이는 신비스레 두 눈을 슴벅거리며 자기의 책가방을 벗어들고 나한테 돌려 대곤 강아지를 찍는다며 신문기자의 흉내를 냈다. 그리고는 제 딴에는 어른이나 된 듯 팔자걸음을 해 댔다. 그러던 그는 문득 뚝 멈춰 서서 신대륙이나 발견한 듯 시뚝해서 이렇게 한마디 했다.

"야, 김호야, 난 인젠 다 알았다. 다 알았어."

"음……오늘 우리를 비판하시던 선생님 말이야, 어쨌든 이전과는 좀 다르단 말이야. 우리더러 한마디 대꾸도 못 하게 하고 꾸중만 들이대는 데 대해 난 다 알 만해. 선생님은 돼지가 강아지한테 젖을 먹일 수 있겠는가 하는 데 대해 근본 몰라. 너 생각해 봐라. 만일 선생님이 안다면 왜 우릴 보고 허튼소리를 줴친다구 꾸짖기만 했겠니? 선생님이라구 뭐나 다 안다더냐? 그저 선생님이란 재세를 대고 우리를 윽박질러 그렇지. 우리 삼촌이랑 그러던데 발전한 나라에선 수업 시간에 선생님한테 아무 질문이래두 다 들이댈 수 있대. 이건 내가 가만히 엿들은 거야. 아무튼 재수가 없다, 재수가 없어. 선생님이 제가 모르면 모른다고 할 게지, 참! 이래서 옛말에 훈장 똥은 개도 안 먹는다고 한 모양이야."

영철이의 말은 도리가 있는 듯싶었으나 나는 그 말을 믿고 싶지 않았다.

'선생님은 정말 모를까? 아니, 아니야. 선생님은 다 알아. 승냥

- 꼬독꼬독 | 강아지를 부르는 소리.
- 시뚝해서 | 잘난 체하여 우쭐거리면서.
- 줴친다구 | 이런저런 소리를 마구 한다고.
- 재세 | 어떤 힘이나 세력 따위를 믿고 교만하게 굶.

이의 젖을 먹고 자란 '승냥이 아이' 일도 신문에 다 났는데……. 영철이가 수업 시간에 제기한 질문이 너무 당돌했어.'

나는 말없이 걸으며 제 나름으로 생각했다.

2

에미 없는 개는 빨리도 자랐다. 인제는 재롱도 제법 잘 부려 쩍하면 새끼 돼지의 꼬리를 물고 희롱할 줄도 알았다. 이 개의 주인을 찾으려고 아버지와 어머니는 여러 곳에 수소문하여 보았으나 임자는 좀체로 나타나지 않았다. 이 개의 생김새를 봐서는 꼭 셰퍼드 새끼 같았다. 껑충한 다리, 영리한 두 눈, 잽싼 동작, 암만 봐도 다른 개와는 달라 보였다. 점점 자라면서 제법 셰퍼드 멋이 났다.

학교에서 돌아오면 나는 숙제를 끝마치곤 늘 개를 데리고 노는 것으로 시간을 보냈다. 개도 나한테 특별히 정이 들었던지 나만 보면 퐁퐁 뛰면서 졸졸 따라다니었다.

하루는 불쑥 개한테 멋진 이름이 있어야겠다는 생각이 들었다. 나의 머리에는 불현듯 〈집 없는 소년〉에서 본 레미 곡마단의 까뻬란 개 이름이 떠올랐다.

'까뻬라고 부르자.'

그날부터 나는 이 개를 '까뻬'라고 불렀다. 개의 이름에 대한 사연을 듣자 아버지는 빙그레 웃으시며 "으흠, 우리 김호도 곡마단을 꾸릴 셈이냐."라고 우스개 삼아 한마디 하였다.

까삐란 이름은 아버지와 어머니의 마음에 들었던지 아버지와 어머니도 개한테 먹이를 줄 때면 "까삐, 까삐" 하며 쓰다듬어 주군 하였다. 이리하여 까삐란 이름은 우리 집에서 정식으로 공인받게 되었다.

아버지와 어머니가 웃든 말든 나는 까삐를 위해 강가의 모래밭에 훈련장을 마련하였다. 아직 강아지 티를 벗지 못한 이 개를 훈련시키기란 쉬운 일이 아니었다.

"까삐, 엎드렷!"

하고 명령을 내리면 까삐는 자기를 데리고 노는 줄로 알고 마구 뛰고 구을며 신이 나서 놀아 댔다. 나는 애가 나서 골을 누르며 재차 명령을 내렸다. 그러자 까삐는 해뜩• 번져 누워 네 다리를 하늘로 쳐들고 바동거리며 긴 혀를 날름 빼들고 나의 손이며 다리며를 핥으며 야단이었다. 그 통에 아침 달리기를 나왔던 우리 동네 몇몇 애들도 나를 조롱하듯 비웃었다.

"똥개를 훈련시키려구? 싹싹 걷어장져라•."

나의 어린 자존심은 자극을 받았다. 반발심은 나로 하여금 꼭 레미 곡마단의 까삐처럼 이 개를 훌륭히 훈련해 내리라 맘먹게 했다.

예상 밖으로 까삐는 인차• 훈련에 적응하였다. 나는 상해로 출

• 해뜩 | 눈알을 깜찍하게 뒤집으며 살짝 곁눈질을 하는 모양.

• 걷어장져라 | 걷어치워라.

장 가는 아버지한테 개를 훈련시키는 데 관한 책을 사 달라고 떼를 썼다.

"흥, 죄꼬만 네가 그래 개를 훈련시키겠다구? 소 웃다 꾸레미• 터지겠다."

"두고 봐요. 만일 내가 이 개를 훈련해 낸다면 아버지는 어쩔 셈인가요?"

"그놈이 어벌찌•도 큰걸!"

아버지는 어린애를 대하듯 아무 생각도 없이 껄껄 웃으시며 말했다. 그러나 나는 아버지의 속마음을 안다. 겉으로는 모르는 척해도 아들의 일이라면 언제나 거의 다 들어주는 아버지였으니까 이쯤 하면 아버지는 동의한 셈이다.

나의 추측은 맞았다. 아버지는 출장길에《군견 훈련 초보》란 책을 사 왔다. 책은 사 왔지만 나는 한어를 잘 몰라 볼 수 없었다. 하여 나는 부득불 아버지를 보고 조를 수밖에 없었다. 하도 끈질기게 조르니 아버지는 매일 한 절씩 번역해 주기로 응낙했다.

그 후부터 까삐의 훈련은 본격적으로 진행되었다.

"까삐, 엎드렷! 까삐, 기엿! 까삐, 돌격!"

나의 구령이 떨어지기 바쁘게 까삐는 납죽 엎디고, 기고, 쏜살같이 달리군 했다.

그날도 훈련이 끝나자 나는 모래 위에 벌렁 드러누웠다. 이럴 때면 까삐는 경비원마냥 앞다리를 뻗치고 나의 옆에 앉아 두 귀를 벌쭉거리며 까딱 움직이지 않았다.

"까삐야, 가자."

내가 어깨를 으쓱거리며 일어서자 까삐는 시위라도 하듯 나와 일정한 거리를 두고 아침 공기를 마시러 나온 동네 애들 앞으로 위엄 있게 지나갔다.

"제길, 똥개도 우쭐대는구나."

애들 속에 끼여 있는 앞집에 사는 철수의 야유에 찬 말이다.

"으하하……."

잇달아 동네 애들의 조롱 섞인 웃음이 터졌다.

나는 저도 모르게 두 주먹을 불끈 쥐고 돌아섰다. 순간 뜻밖의 일이 생겼다. 까삐도 뚝 멈춰 서더니 풀쩍 뛰며 돌따서서• 애들 무리 속으로 뛰어들었다.

기겁한 애들이 와! 하고 뿔뿔이 흩어지는데 까삐는 곧추 달려들어 철수의 바짓가랑이를 덥석 물었다.

급해맞은• 철수가 "와!" 하고 울음을 터뜨리며 어쩔 바를 모르는데 '찌익' 하는 소리와 함께 철수의 바짓가랑이가 쭉 째지며 감실감실한 다리가 무릎까지 드러났다.

• 인차 | 이내.
• 꾸레미 | 소를 부릴 때에 소가 곡식이나 풀을 뜯어 먹지 못하게 하려고 소의 주둥이에 씌우는 물건. 가는 새끼를 그물같이 엮어서 만든다.
• 어벌찌 | 생각하는 구상이나 배포.
• 돌따서서 | 가던 길을 되돌아서서.
• 급해맞은 | 매우 다급한.

"까삐!"

나의 엄한 소리에 까삐는 물었던 철수의 바짓가랑이를 놓았다. 그러자 철수는 걸음아 날 살려라 하고 줄행랑을 놓았다.

나의 눈치를 힐끗 보던 까삐는 철수를 쫓지 않고 뚝 버쳐 서서 달아나는 철수의 뒷모습을 노려본다.

"까삐, 돌아왓!"

내가 재차 소리치자 까삐는 억울한 듯 낑낑거리며 나의 앞으로 걸어온다.

"까삐, 그러면 못써."

나는 까삐를 꾸짖었다. 까삐는 다시는 낑낑거리지 않고 고스란히 나를 따라섰다.

도망치던 철수는 그때에야 담이 커졌는지 저 멀리 제방 둑에 올라서서 주먹질을 해 댔다.

"두고 보자. 쥐약을 먹여 네 놈의 개를 요정 내지 않나 보자……."

3

어느덧 반년이 지났다. 까삐는 인젠 몰라보게 변했다. 껑충한 키꼴, 총명하고 영리해 보이는 두 눈, 뚝 벋치고 서면 무엇이라도 지치러뜨릴• 듯한 기세, 까삐는 제창• 군견다운 모습을 갖추었다. 오직 변하지 않은 것이라면 까삐와 나 사이의 정이었다.

언제부터였던지 까삐와 나에게는 무언의 약속이 있었다. 하학 시간을 10분 앞두고 까삐는 언제나 학교 문 앞에 와 나를 기다렸다.

그런데 어느 날 네 번째 수업 시간이 금방 시작되었을 때 무심결에 창밖으로 눈길을 돌리다가 나는 까삐가 교문 앞에서 서성거리고 있는 것을 발견했다. 이따금씩 교실 창문을 뚫어지게 바라보는 까삐는 웬일인지 진정하지 못하고 맴돌기만 했다.

'아직은 까삐가 올 때가 아닌데 웬일일까?'

나는 의문에 잠겨 저도 모르게 멍하니 창밖만 내다보았다.

"김호 학생, 교수에 집중합시다."

선생님의 경고였다. 나는 마음이 싱숭생숭해져 선생님의 교수가 들리지 않았다. 내가 다시 머리를 돌려 창밖을 내다보았을 때는 까삐가 보이지 않았다.

'흥, 오늘 까삐가 시간을 외꼈는• 모양이구나.'

내가 제 나름으로 생각에 잠겨 있는데 갑자기 교실 문을 긁는 소리가 들렸다. 웬 영문인지 모르는 선생님이 학생들의 눈길 속에서 문을 열었다.

까삐다! 선생님이 문을 열기 바쁘게 뛰어드는 것은 분명 까삐였다. 그 통에 교실 안은 복새판•이 되었다. 여기저기서 애들이

• 지치러뜨릴 | 세게 지치게 할.
• 제창 | 이내.
• 외꼈는 | 잘못 안.
• 복새판 | 많은 사람이 야단스럽게 부산을 떨며 법석이는 자리.

"와—와—" 떠드는 소리가 일어났다. 이들 속에서 까삐와 낯을 익힌 영철이는 벌떡 일어서서 손짓 몸짓까지 해 가며 "까삐, 까삐!"하고 외쳐 댔다.

애들이 떠들썩하는 소리에도 아랑곳하지 않고 까삐는 나한테로 다가오더니 다짜고짜 나의 옷소매를 잡아 물고 낑낑거리며 나를 끈다.

"까삐, 물러갓!"

얼굴이 화끈 달아오른 나는 황망히 까삐를 꾸짖었다. 까삐는 억울한지 낑낑 긴 울음을 남기더니 뚱기적뚱기적* 교실 문 쪽으로 걸어가며 애원에 찬 눈길로 나를 돌아다보았다.

선생님이 문을 닫으려는 순간 까삐는 갑작스레 다시 돌따서서 교실 안으로 씽하니 들이닥쳤다.

"이 개!"

선생님은 엉겁결에 와닥닥 뒤로 물러섰다.

"와—와—"

교실 안은 또다시 끓어번졌다.* 까삐는 다시 들어서자바람으로* 냉큼 나의 옷자락을 또 잡아 물었다.

"김호 학생, 그 개를 쫓아내시오!"

선생님의 말은 자못 엄했다. 교실 밖에 나선 내가 암만 쫓아도 까삐는 나의 주위를 뱅뱅 돌 뿐 떠날 염을 않았다. 나는 하는 수 없이 집까지 까삐를 데리고 가는 수밖에 없었다.

까삐를 데리고 집에 돌아온 나는 깜짝 놀랐다. 어머니가 구들 위에서 뒹굴며 신음하고 있었다. 어머니의 만성 이선염이 발작한 모양이었다. 나는 그만 울상이 되었다.

"어머니, 빨리 병원에 가 봐요."

내가 어쩔 바를 몰라 안절부절못하는데 불쑥 까삐가 입에다 연필을 물고 왔다. 나는 불현듯 병원에 있는 앞집의 철수 누나가 생각났다.

"까삐, 빨리, 빨리!"

나는 급히 쪽지를 써 까삐의 입에 물려 주었다. 종이 쪽지를 받아 문 까삐는 쏜살같이 집 문을 나섰다.

얼마 안 지나 병원에서 간호원으로 일하는 철수의 누나가 의사 한 분을 모시고 까삐를 따라왔다. 어머니를 구급하는 사이에 까삐는 마루 모퉁이에 쪼그리고 앉아 의사의 진찰을 초조히 지켜보고 있었다.

구급을 받은 어머니는 인차 안정되었다. 철수의 누나와 의사를 바래고 나서 내가 까삐를 찾았을 때 까삐는 이미 자기 굴 안에 들어가 두 눈을 지그시 감고 시름 놓은 듯 잠자고 있었다.

이건 자기가 해야 할 일을 다했을 때의 까삐의 습관이다. 나는 까삐가 얼마나 고마운지 몰랐다. 순간 나의 머리에서는 문득 한

- 뚱기적뚱기적 | 하기 싫은 태도로 이리저리 느리게 몸을 움직이는 모양.
- 끓어번졌다 | 걷잡을 수 없이 몹시 설레어 움직이다.
- 들어서자바람으로 | 들어서자마자.

달 전의 일이 떠올랐다.

그날은 어찌도 무더웠던지 하학하고 돌아오자바람으로 나는 까삐를 데리고 강가로 나갔다. 강변에 이르자 나는 습관대로 옷을 홀랑 벗어 던지고 강물에 뛰어들었다. 그런데 자맥질을 몇 번 치지 않아 두 다리가 뻣뻣해 나며• '자개바람'•이 일기 시작했다. 나는 안간힘을 써 허우적거렸으나 좀체로 뭍으로 헤어 나올 수 없었다. 인젠 죽었구나 하는 생각이 불시에 나의 뇌리를 쳤다.

"까삐야! 빨리, 빨리……"

급해맞은 나는 저도 모르게 소리를 질렀다.

까삐는 안절부절하며 강가를 따라 올라뛰고 내리뛰고 하더니 불시에 첨벙 하고 강에 뛰어드는 것이었다.

"까삐야, 안 돼. 너까지 빠지려구? 안 돼, 안 돼……."

생각하면 어쩐지 우스운 일이지만 나는 개들은 다 천성적으로 헤엄 재간이 있다는 것을 미처 생각지 못했던 것이다. 나는 까삐가 강에 뛰어든 후 나한테로 헤엄쳐 오는 것을 어렴풋이 본 외그 후의 일에 대해서는 전혀 생각나지 않았다.

시간이 얼마 지났는지 나는 뜨끈뜨끈한 그 무엇이 내 얼굴이며 몸이며를 쓰다듬는 것을 느꼈다. 눈을 떠 보니 까삐였다. 까삐는 자기 혀로 내 몸과 얼굴에 묻은 물기를 말끔히 핥아 내고 있었다.

"까삐!"

나는 말이 더 나가지 않아 까삐의 목을 꼭 끌어안고 눈물을 떨구었다.

옷도 안 입은 알몸뚱이를 까삐가 건졌다! 어떻게 건졌는지 나도 알 수 없었다.

내가 손을 놓자 까삐는 그때에도 조용히 한 켠에 가 두 눈을 지그시 감고 지금처럼 저렇게 누워 있었다. 뽐낼 줄 모르는 까삐는 정말 겸손한 사람 같아 보였다.

4

공정하지 않은 것은 하느님인가 부다. 만일 공정했더라면 까삐에 대한 아름다운 이야기는 여기에서 끝맺지 않았을 것이다.

가두• 주민위원회에서는 개를 없애 치우라는 통지를 내었다 한다. 사냥총이 있는 집의 개는 예외라고 하는데 까삐의 처지는 그렇지 않았다. 우리 집에는 사냥총도 없거니와 까삐는 사냥개도 아니었다. 아버지와 어머니는 까삐를 농촌에 있는 삼촌네 집으로 보내겠다고 하였지만 내가 하도 울고불고 하는 통에 아버지는 방법이 없어 까삐를 울 안에 가둬 넣었다.

까삐의 운명은 기구해졌다. 이제부턴 까삐는 행동도 제한을

• 뻣뻣해 나며 | 뻣뻣해지며.
• 자개바람 | 쥐가 나서 곧아지는 증세.
• 가두 | 주로 살림집이 많은 주택 지구를 기관, 직장 따위에 상대하여 이르는 말.

받아야 했다. 까삐가 목에 사슬을 매고 집 마당의 말뚝을 돌고 있는 것을 볼 때마다 나는 가슴이 미어지는 것 같았다. 인제는 학교에 와 나를 기다려 줄 동무가 없구나 하고 생각하니 마음이 허전해 났다.

까삐는 풀이 죽었던지 그 커다란 대가리를 앞으로 쭉 내뻗은 두 앞다리 위에 올려놓고 깊은 수심에 잠긴 듯싶다. 나는 까삐가 가엾어 보였다. 밤이 되면 나는 아버지, 어머니 몰래 살그머니 일어나 쇠사슬을 벗겨 들고 강변으로 나가군 했다. 그럴 때면 까삐는 해방이라도 받은 듯 좋아서 풍풍 뛰군 했다. 자유가 보귀하다는 말을 나는 선생님한테서 많이 들어 왔지만 이제 와서야 그 참뜻을 알 수 있었다. 나는 까삐에게 자유를 못 주는 자신이 안타까웠다.

그러나 이러한 생활도 오래가지 못했다. 가두 주민위원회에서는 거의 날마다 찾아와선 독촉이 성화 같았다. 만약 까삐를 처리하지 않는다면 과단적인 조치를 취하겠다는 것이다. 까삐의 처지는 더욱 어렵게 되었다. 나와 까삐는 갈라지지 않으면 안 되었다.

까삐를 우리 집에서 십여 리 가량 떨어져 있는 농촌의 삼촌네 집으로 보낼 때 나는 학교도 안 가고 온 하루 울었다. 까삐도 자신의 운명을 아는지 온 하루 먹이를 먹지 않았다.

나와 까삐는 끝내 갈라졌다. 우리의 송별식은 간단했다. 나는 울고 까삐는 앞발로 땅을 파며 낑낑거리다가 나의 주위를 세 바퀴 돌았다. 그리고는 풍덩 꿇어앉더니 두 눈에서 눈물이 찔끔 나왔다. 까삐는 울고 있었다. 나는 개가 눈물을 떨구는 것을 처음 보았다. 마음이 약한 어머니도 까삐가 불쌍히 여겨졌던지 돌아서서 눈굽•을 찍더니 부엌간에 들어가 커다란 비겟덩이를 들고 나와 두 손으로 받쳐 까삐한테 주었다.

"까삐야, 먹어라. 이건 내가 마지막으로 너한테 주는 거다."

어머니의 목소리는 떨렸다. 까삐는 꿇어앉은 채로 어머니 앞으로 다가오더니 비겟덩이를 받아 물었다. 이전 같으면 덥석 한 입에 삼켰으련만 오늘은 웬일인지 까삐는 그 비겟덩이를 간신히 삼킨다. 까삐도 분명 목이 멘 모양이다. 나의 마음은 칼로 에이는 듯 아팠다.

까삐가 농촌으로 간 지 사흘째 되는 날 삼촌네 마을 사람이 우리 집에 찾아왔다. 까삐가 쇠사슬을 끊고 도망쳤는데 우리 집으로 오지 않았는가 하는 것이었다.

'까삐가 어디로 갔을까?'

나는 밤마다 까삐를 만나는 꿈을 꾸었다. 꿈에 나는 까삐가 강변에서 배회하는 것을 보았다. 까삐의 처지는 가련해 보였다. 영리해 보이던 두 눈에는 빛이라곤 없이 커다란 대가리를 맥없이 쳐들고 저 멀리 그 누구도 모를 곳을 쳐다본다. "까삐! 까삐!" 내가 부르면서 달려가자 까삐는 들었는지 말았는지 방향 없이 뛰

• 보귀하다는 | 보배롭고 귀중하다는.
• 눈굽 | 눈의 안쪽 구석이나 눈의 가장자리.

어간다. 나는 실망한 채 주저앉고 말았다.

나는 삼촌이 한정 없이 미웠다. 듣건대 주정뱅이인 삼촌이 그날 저녁 자기의 친구들과 술을 마시다가 취한 김에 까삐를 잡아먹자고 했다 한다. 나는 불쌍한 까삐를 생각하며 삼촌을 저주했다.

그런데 기적이 생겼다. 하루 저녁 까삐가 우리 집에 찾아왔다. 따져 보니 까삐는 배가 홀쭉해서 비청거리며* 우리 집에 들어섰다.

"까삐!"

내가 달려가 목을 끌어안고 보니 까삐의 몸은 상처투성이였다. 나는 왈칵 쏟아지는 눈물을 금할 수 없어 까삐를 끌어안고 울었다. 까삐는 긴 혀를 놀려 정답게 나의 손을 핥으며 맥없이 꼬리를 저었다.

어머니와 아버지는 어디에서 구해 왔는지 약을 얻어다 까삐의 몸에 발라 주었다. 그날 저녁 까삐는 고통스레 앓는 소리를 내었다.

며칠 간 치료를 거치니 까삐의 상처는 아물었다. 나는 학교에 갔다 와선 까삐 곁을 떠나지 않았다. 그러던 까삐가 또 실종될 줄이야.

아침에 일어나 보니 까삐가 보이지 않았다. 나는 학교에 갔다 온 후 온 오후 품을 들여 까삐를 찾았지만 끝내 찾지 못했다. 나는 그만 실망하고 말았다.

그런데 어슬어슬한 저녁녘에 까삐가 갑자기 집을 찾아왔다. 까삐의 입에는 커다란 산토끼가 물려 있었다. 까삐는 꼬리를 저으며 입에 문 산토끼를 집 문 앞에 갖다 놓고는 내가 미처 어쩔 사이 없이 돌쳐• 뛰어갔다. 내가 "까삐 까삐" 하고 부르며 따라갔을 때 까삐는 이미 어둠 속에 자취를 감춘 뒤였다.

나는 그제야 알아맞혔다. 까삐는 독립생활을 한다는 것을. 인간들 속에서 자기의 위치를 찾기 힘들다는 것을 안 영리한 이 개는 산속에서 홀로 살면서도 은정을 못 잊어 찾아왔던 것이었다.

나는 아버지와 어머니가 처음으로 까삐를 두고 동정 어린 이야기를 나누는 것을 보았다.

"까삐는 참 불쌍한 개예요. 말이 개지 어찌 그저 개라고 하겠어요."

"인도 영화에서 저런 개를 보고 거짓말이라 했더니만 세상에 정말 인정을 아는 개가 있구만. 정말 불쌍하오."

아버지와 어머니가 주고받는 말을 들으며 나는 이불을 푹 눌러쓰고 속으로 눈물을 삼켰다.

기실 까삐에 대해 아버지와 어머니는 아는 것이 적다. 인정, 인정, 사람들은 쩍하면 입으로는 인정이고 뭐고 잘 외우지만 구경 무엇이 인정인가 하는 걸 잘 모르고 있다고 느꼈다. 나는 속으로 인정이여 퉤지라고 부르짖었다.

그 후 보름에 한 번씩 어슬어슬할 때면 시간을 어기지 않고 까

• 비청거리며 | 몸을 바로 가누지 못하고 맥없는 걸음으로 허둥거리며 계속 걷다.
• 돌쳐 | 되돌아.
• 몰켜들었다 | 한곳에 빽빽하게 모여들었다.

삐가 찾아왔다. 까삐가 올 때면 언제나 입에다 꿩이 아니면 산토끼 같은 들짐승을 물고 왔다. 까삐가 올 날을 기다려 나는 언제나 까삐를 위해 푸짐히 먹이를 준비해 두었다. 그때마다 나는 까삐가 생활환경을 바꿀 것을 바라고 또 바랐다.

그러던 까삐는 또 나타나지 않았다. 보름, 한 달, 두 달…… 아니, 석 달이 지나도록 까삐의 그림자도 얼씬하지 않았다. 나의 마음은 꿈틀했다. 불행의 그림자가 나의 머리에 몰켜들었다.* 그래도 나는 매번 열닷새 동안을 기다려 까삐를 위해 먹이를 장만하고 날 저물기를 고대했다. 까삐는 도대체 어데로 갔을까?

까삐는 아직도 소식이 없다.

《중국 조선민족 문학선집》(연변대학, 1997)

김문세

중국 길림성 용정시에서 태어난 교육자이자 시인, 소설가입니다. 연변대학을 졸업하고 연변작가협회 회원으로 활동하고 있습니다. 〈산책이 끝나면 만남도 리별이다〉 등의 작품이 있으며, 국내에서 시집《당신이 머물렀던 자리》를 펴냈습니다.

:: 내용 되새기기

1 '나'가 지어 준 개 이름인 '까삐'는 어디서 찾은 이름인가요?

2 까삐는 어머니와 '나'를 어떻게 구해 주었나요?

3 까삐를 시골 삼촌 집으로 보낼 수밖에 없었던 까닭은 무엇인가요?

4 까삐가 삼촌 집을 떠나 온 까닭은 무엇인가요?

:: 생각해 보기

1 까삐에게서 배울 점은 무엇일까요?

2 사람과 동물이 살아가는 데 가장 소중한 것은 무엇일까요?

더 읽어 보기

《남북 어린이가 함께 보는 창작 동화집》에 실린 김용길의 〈내 동생〉, 위기철의 〈사과 열매는 누가 가져야 옳은가〉

포도 씨앗의 사랑

임철우

우리는 어리둥절해졌다. 전혀 싱겁기 짝이 없을 것만 같은 그 이상한 놀이가 저토록 재미있고 즐거운 것일까 싶으면서도, 한편으로는 그들이 은근히 부러워지는 느낌이었다. 그만큼 그들 두 사람의 표정은 더없이 유쾌하고 행복하게만 보였던 것이다.

그 젊은 두 남녀가 우리 동네에 맨 처음 나타났던 때의 일을 나는 지금도 또렷하게 기억해 낼 수 있다. 그것은 우리 조무래기들이 동네 앞 작은 방죽•에서 물 위에 떠 있는 어떤 갓난아이의 시체를 발견했던 바로 그날이었기 때문이다.

그날은 마침 토요일이었다. 오전 수업만 마치고 집으로 돌아와 점심을 먹은 뒤 우리는 언제나처럼 마을 공터로 모여들었다. 벌써 몇이 먼저 나와서 축구공을 차고 있는 참이었으므로, 나 역시 그들과 함께 축구 시합에 끼어들었다.

그 공의 주인은 뒷집 원이 녀석이었다. 백마부대로 월남에 간 녀석의 큰형이 한국을 떠나기 전에 선물로 사 주었다는 그 공을 원이가 가슴에 껴안고 자랑스레 맨 처음 눈앞에 나타났을 때 우리들은 얼마나 감격했는지 모른다.

하나같이 가난한 부모를 둔 우리 동네 아이들은 그때까지만 해도 고작해야 빈 깡통 아니면 헌 밧줄을 주워 모아 얼기설기 엮고 뭉쳐서 만든 가짜 공이나 차곤 했던 터였다. 그러므로 공을, 더더구나 선수들이나 차는 진짜 가죽공을 구경하게 된 것만으로도 우리는 아예 가슴이 벌렁거릴 지경이었다.

그 공 덕분에 원이는 갑자기 우리 조무래기들 사이에서 굉장히 중요한 힘을 가진 아이가 되어 있었다. 늘상 콧구멍에 누런 콧덩이나 달고 다니던 녀석이 꼴사납게도 여간 으스대는 게 아

• 방죽 | 물이 밀려들어 오는 것을 막기 위하여 쌓은 둑.

니었지만, 그런 녀석의 비위를 맞추기 위해 우리는 어쩔 수 없이 저마다 눈치를 보며 알랑방귀를 뀌어 주어야만 했다.

원이네 큰형이 월남으로 떠난 것이 반년 전쯤이었으므로, 축구공이 그 사이 바람이 많이 빠져 발끝에서 퍽 퍽 하는 맥 빠진 소리가 나기 시작했지만, 그래도 여전히 우리에게 그 공은 소중하고 귀한 보물인 셈이었다.

초여름으로 성큼 들어선 한낮, 따가운 햇볕은 너나없이 민숭하게 밀어 넘긴 우리들의 까까머리를 불에 달군 냄비 꼬락서니로 만들었지만, 우리들은 온통 진흙과 땀에 짓이겨진 모습으로 저마다 혓바닥을 내밀고 헐떡거리며 정신없이 이리저리 뛰고 달리고 하느라 정신이 없었다.

바로 그런 어느 순간이었다.

"야아! 느그들아! 애기가 죽었다이. 애기 송장이 물에 떠 있단 말여!"

느닷없이 어디선가 그런 다급한 외침이 우리들을 불러 세웠다.

무슨 소린가 싶어 멈춰 서서 뒤를 돌아보니, 한 녀석이 논둑길을 달려오고 있었다. 구멍가겟집 아들 길용이었다.

"누가 죽었다고야?"

달려온 길용이를 빙 둘러싸고 우리는 물었다. 녀석은 더위 먹은 똥개처럼 혓바닥을 빼어 물고 헐떡이며 더듬거리는 것이었다.

"개, 개구리를 잡을라고, 바, 방죽에 갔는디, 갓난애기가 주, 죽어가꼬, 무, 물에 떠 있단 마, 말이여……."

"뭐, 갓난애기가? 이 자식, 너 또 거짓뿌렁하는 것이제?"

"아아녀! 진짜랑게, 다른 아그들이랑 다 보았단 말이여!"

녀석은 눈을 뚱그렇게 치뜬 채 손가락으로 뒤편을 가리켰다. 과연 녀석이 가리키는 방죽의 나지막한 둑 위엔 조무래기들 서넛이 모여서 뭐라고 소리를 지르고 있는 참이었다.

"가 보자!"

우리는 누가 먼저랄 것도 없이, 와아 함성을 내지르며 일제히 논둑을 질러 들판을 달려가기 시작했다.

그 방죽이 언제부터 거기에 있었는지는 잘 모른다. 말이 방죽이지, 고작 둠벙•이라고 해야 좋을 만큼 작았다. 시내로 들어가는 길목에 철도 건널목이 있었고, 그 건널목을 건너 신작로에 이르기 전에 왼쪽으로 꺾어 내려가 들녘을 한참 가로질러 가면, 논 가운데 있는 그 방죽에 닿을 수 있었다.

방죽은 시커멓고 더럽기 그지없었다. 두어 해 전까지만 해도 여름이면 더러 미역을 감는 아이들도 있었고, 낚시꾼들이 찾아오기도 했었다지만, 이젠 그 썩어 가는 물에 손을 담그려는 사람은 아무도 없었다.

방죽이 죽어 버린 데에는 시가지 외곽을 돌아나오는 물줄기가 썩어서 악취 풍기는 하수구로 변해 버린 탓도 있었다. 하지만 무엇보다도, 저만치 들판 맞은편 산기슭 아래에 자리 잡은 거대한

• 둠벙 | 웅덩이.

교도소 농장 때문이라고들 했다.

붉은 벽돌로 엄청나게 높이 쌓아 올린 그 큰 농장에서는 거름을 만들기 위해 온갖 인분*이며 썩은 쓰레기들을 줄기차게 차로 실어 나르곤 했는데, 거기서 흘러나온 더러운 똥물이 그 방죽으로 모여들어 고이는 탓이라고 어른들은 말했던 것이다.

방죽이 가까워 오자 벌써부터 예의 그 고약한 악취가 우리들의 콧구멍을 들쑤시기 시작하고 있었다. 들판을 한달음에 질러온 우리들은 둑길을 넘어 물 쪽으로 내려갔다. 먼저 와 있던 국민학교 이삼 학년짜리 꼬마들을 밀어내고 가까이 다가간 우리들은 마침내 그것을 발견했다.

"아이구메, 저기 있다야!"

아이들은 놀라움에 소리쳤다. 순간 까닭 모를 두려움과 섬뜩함으로 우리는 컥 숨이 막혔다. 몇 놈은 슬금슬금 제자리걸음을 하고 있었다.

처음에 나는 그것이 무슨 작은 생선이거나 아니면 고양이 새끼의 시체인 줄로만 알았다.

사람이라기엔 너무나 작고 이상한 모습을 하고 있었던 것이다. 그러나 자세히 보니 그건 신기하리만큼 인형의 모양을 닮아 있었다.

우리들의 팔뚝보다도 더 작은 크기의 갓난아이는 두 팔을 양옆으로 활짝 편 채 하늘을 향하고 누워 떠 있었다. 그것의 몸뚱이를 떠받치기라도 하듯, 파란색 비닐우산의 비닐 껍데기가 물

위에 넓게 펴진 채 함께 떠 있었다. 아마 누군가가 그 비닐 껍데기에 싸서 거기에 버린 모양이었다.

"저것이 애기란 말이여, 참말로?"

"맞어야, 갓난아기랑게, 봐라, 주먹을 꼭 쥐고 있다야."

"죽었으까? 꼼짝도 안 하고 가만히 있다이."

"으마, 그런디 저 배꼽 조까 봐라이. 무슨 줄 같은 것이 덜룽덜룽하고 있지야. 안 그래?"

"참말로 그러네. 배꼽에 뭣이 붙어 있다야."

정말 그러고 보니, 그것의 배꼽엔 무엇인가 기다란 끈 같은 것이 늘어붙어 물 위에 드리워져 있었다. 그것이 탯줄이라는 걸 알게 된 것은 훨씬 후의 일이었다.

아이들은 저마다 호기심에 찬 목소리로 수군거리며 손가락질을 해 대었다. 하지만 누구도 선불리 가까이 다가가려고 하지는 않았다. 알 수 없는 어떤 공포가 우리들의 목덜미를 뒤에서 잡아당기고 있는 것만 같았다.

우리들은 한동안 얼굴을 찡그린 채 그것을 내려다보며 서 있었다. 머리가죽을 벗겨 내기라도 할 듯 쨍쨍 내리쬐는 한낮의 햇볕, 밑바닥조차 보이지 않도록 시커멓게 썩어 가는 더러운 방죽의 수면 위에 고요히 떠 있는 그 작고 이상한 사람 모양의 살덩이 하나……. 그것은 참으로 이상하고도 섬뜩한 풍경이었다.

• 인분 | 사람의 똥.

그런데 그 검은 물 위에 둥그렇게 펼쳐져 있는 파란 비닐 보자기의 색깔은 어쩌면 그리도 선연한 파란빛이었을까. 그 둥글게 활짝 펼쳐진 비닐 보자기 한가운데에 둥실 떠 있는 그 작은 물체는 마치도 허연 연꽃으로 보이기까지 했던 것이다.

우리는 꽤 오랫동안 숨을 헐떡이며, 하나같이 잔뜩 찡그린 얼굴을 하고 그것을 들여다보고 있었을 것이다. 그러다가 문득 나는 토할 듯 속이 메스꺼워 옴을 느끼기 시작했다.

그러자 불현듯 콧구멍을 터뜨릴 듯한 지독한 악취를 우리는 비로소 감지해 내었다. 물론 그 참을 수 없는 냄새는 코에 익은 방죽의 악취였지만, 이날따라 우리는 그 고약한 냄새가 그 어느 날보다도 가장 고약하고 불쾌하게만 여겨지기 시작했다.

그 젊은 남녀가 나타났던 것은 바로 그 순간이었을 것이다.

어디선가 까르르르 터뜨리는 여자의 맑은 웃음소리에 우리는 무심코 고개를 돌렸다.

방죽 둑 아래로 난 작은 논둑길을 따라 저만치서 젊은 남자와 여자가 나란히 이쪽으로 다가오고 있었다. 첫눈에 보기에도 앳된 티의, 갓 스무 살이 될까 말까 한 나이였다. 여자는 한 손에 분홍색 파라솔을 펴 들었고 다른 한 손에는 두툼한 여행 가방 같은 것을 들고 있었다. 그 곁의 남자는 등에 꽤 큼직한 이불 보따리를 들쳐 메고 낑낑대는 시늉이었다.

둘 다 처음 보는 얼굴들이었다. 어디서 오는 사람들일까. 하지만 우리 동네를 찾아오는 길이 분명했다. 근방엔 다른 마을이 없었고, 둑 아래의 그 논둑길은 신작로에서 꺾어져 우리 마을로 들어오는 지름길이었기 때문이다.

"아이, 힘들어. 자기 무겁지 않어?"

"괜찮어. 이까짓 거 정도쯤이야 문제없다고."

"그짓말, 저 땀 좀 봐. 우리 여기서 조금만 쉬었다 가아, 응?"

"그러까?"

두 남녀는 저만치 둑 아래 풀밭에서 멈추더니, 들고 있던 가방과 짐을 내려 놓고 있었다. 그동안에도 둘은 뭐가 그리 좋은지 시종 깔깔거리며 웃어 대었다. 그들은 아직 우리들이 있다는 걸 모르는 모양이었다. 뭐라고 저희들끼리 이야기를 주고받다가, 남자가 여자를 덥석 껴안는 시늉을 하자 여자는 호들갑을 떨며 달아나려고 몸을 바둥거리기도 했다.

"야아, 저기 봐라. 저 사람들, 연애헌다이. 이히힛."

그걸 내려다보고 있던 우리들 중 누군가 웃음을 터뜨렸는데, 그제서야 그들은 뒤를 돌아보았다.

"어, 너희들 거기서 뭘 하고 있는 거냐?"

그 청년이 엉거주춤 일어나 소리를 질렀을 때, 누군가가 대답했다.

"아저씨, 갓난애기가 죽었어라우. 여그 방죽 속에 빠져 있당게요."

"뭐여?"

청년과 여자는 무슨 소린가 싶은 듯, 벌떡 일어나 둑 위로 올라왔다. 그러고는 우리들 쪽으로 성큼성큼 다가오더니 주춤 걸음을 멈추는 것이었다.

"아이그머니나앗! 세상에……."

순간 여자의 입에서 외마디 비명이 터져 나왔다. 여자가 털썩 엉덩방아를 찧으려 주저앉는 순간 남자가 재빨리 부축했다.

"이게 뭐냐? 누가 이, 이랬어?"

청년의 얼굴도 여자의 그것처럼 대번에 허옇게 질려 있다는 걸 우리는 알 수 있었다.

"우리도 몰라라우. 와서 본게, 이것이 있드랑게요."

"이 녀석들, 당장 돌아가지 못해? 이게 무슨 구경거린 줄 알어!"

돌연 청년이 꽥 고함을 질렀다. 우리는 의아해 하면서도 슬슬 뒷걸음질을 치기 시작했다.

그때였다. 얼굴을 돌리고 주저앉아 있던 여자가 갑자기 허헉, 울음을 터뜨리기 시작했던 것이다.

"세, 세상에…… 누가 저런 끔찍한 짓을…… 어흐흑."

여자는 울음을 터뜨리며 둑 위로 비칠비칠 걸어 올라가고 있었다. 그녀의 등을 껴안 듯 부축하고 청년이 따라가며, 괜찮아, 괜찮아 하고 달래는 시늉을 했다. 끝내 여자는 둑길 위에 주저앉자마자 손으로 입을 틀어막으며 욱, 욱 하고 토해 내는 것 같았다. 청년이 부지런히 여자의 등을 쓸어 주기도 하고, 손수건으로 입을 닦아 내기도 하는 것을 우리는 구경했다.

"아니, 이놈의 자식들이! 당장 집으로 돌아가지 못해? 이놈들을 그냥!"

청년이 벌떡 일어나 우리를 향해 쫓아오는 시늉을 했다. 우리는 놀라 우르르 둑길을 뛰어내려 도망치기 시작했다.

"쳇, 지까짓 것이 뭣이간디 저런다냐? 다시 가서 애기 좀 보자이."

"야아, 그냥 돌아가자이. 더러운 것을 뭣 헐라고 또 본다고 그래."

"이런 겁쟁이. 얌마, 그것이 뭐가 더럽고 무섭다고 그러냐?"

이만치 논둑길까지 밀려 나와 우리는 잠시 웅성거리고 있었다. 그때 한 녀석이 말했다.

"안 돼, 그러다가 너, 벌 받는다. 밤중에 귀신이 나와가꼬 너를 잡아가 불면 어쩔래?"

"무슨 귀신?"

"갓난애기 귀신 말여. 아까 그 애기가 너한테 복수를 할지도 몰라."

"맞어 맞어. 애기 귀신은 응애응애 하고 울음소리를 낸단다."

그 말에 우리는 덜컥 겁이 나서 서로의 얼굴을 훔쳐보았다. 하나같이 잔뜩 두려움에 질린 표정이었다. 순간 우리는 약속이나 한 듯 동네를 향해 도망치기 시작했다. 귀신이다. 애기 귀신이다. 숨이 넘어가도록 우리는 미친 듯 뛰었다. 금방이라도 누군가가 뒤에서 목덜미를 홱 낚아챌 것만 같아서 눈앞이 잘 보이지 않을 지경이었다.

간신히 마을 앞 공터에 다다랐을 때에야 우리는 혓바닥을 빼어 물고서 뒤를 돌아다보았다. 그 두 남녀는 보따리를 들고서 저만치 논둑길을 걸어오고 있는 참이었다.

그날, 우리 동네는 한동안 시끌벅적했다. 소문을 들은 동네 어른들 몇이 뒤늦게 방죽으로 몰려갔고, 얼마 후 시내 파출소에서 순경들이 나와 무슨 조사를 한다고 웅성거렸던 것이다.

하지만 갓난아이를 거기에 버리고 간 사람이 어디에 사는 누구인지는 끝내 밝혀지지 않고 말았다. 아마 어떤 몹쓸 여자가 무슨 사연 때문에 산 채로 그 아이를 방죽에 버려 두고 도망갔을 게 틀림없다고, 어른들이 수군거리는 소리를 들었을 뿐이었다. 순경들이 그 죽은 아이를 비닐 부대에 담아 가져갔다는 소문이 있었고, 얼마 후 불쾌하고도 끔찍한 사건은 우리들의 기억에서 차츰 멀어져 갔다.

사실 그 무렵엔 그런 비슷한 일들이 결코 드문 편도 아니었던 것이다. 어쨌건 그것이 바로 그 두 남녀가 우리 동네에 처음 나타났던 날의 일이었다.

원이네 집 행랑채에 그 두 젊은 남녀가 새로 이사를 왔다는 소문이 동네 안에 쫙 퍼졌다. 사람 사는 동네에서 사람이 들고 나는 일쯤이야 너무나 당연한 일일 터였지만, 우리 동네에서만은 그렇지도 않았다.

우리 동네는 행정구역상으로야 엄연한 시내였으나, 시 변두리에서도 한참이나 벗어난 농촌이었다. 시내버스 종점에서도 한참이나 벗어나 비만 오면 발목까지 푹푹 빠지는 진흙탕길을 십여 분 넘게 걸어 들어와야만 하는 터였다.

그런 탓인지, 백이삼십 호 남짓한 동네에서 이사를 가고 오는 경우가 드물었고, 때문에 원이네 집에 새로 왔다는 그 젊은 남녀가 동네 아주머니들의 입살에 오르내리는 거야 어쩌면 당연한 일일 것이었다.

"아니, 그러믄 그 사람들이 친남매지간이 아니란 말여?"

"남매는 무신? 척하면 그 눈치 몰라서 그러는가."

"글씨, 첨엔 나도 오빠 동생들이나 되는갑다 생각했등마는, 원이네 엄마 말로는 암만해도 눈치가 수상하드래여."

"어떻게?"

"그 가시나가 남자를 오빠라고 부르기는 허는디, 친오빠는 분명히 아닌 모양이여. 헌데 대낮에도 둘이서 뭐가 그리 오지고 좋은지 방 안에 꼭 틀어백혀가꼬 히히덕거리며 장난질이나 하면서, 좀체 밖으로 나오지를 않는다는구먼. 아침에도 해가 방문까장 들이비치도록 일어나는 기척이 없다가는 열 시나 되어서야 그 가시나가 부엌에서 밥을 짓곤 허는 기척이래여."

"허긴, 그러고 보니 남자도 어디 직장 같은 델 나다니는 눈치도 아닌 듯하등마는."

"직장이라니, 그 청년, 인자 고등학교나 갓 졸업했을 나이 같던디?"

"어저께도 즈이들 둘이서 나란히 붙어가꼬 시내로 한들한들

나가는 걸 내가 봤어. 그런데 그 둘이가 설마……?"

"뻔하지 뭐어. 고것들, 암만해도 둘이서 눈이 맞아가꼬, 부모 몰래 집에서 밤봇짐 싸 가지고 도망 나와 살림 차린 것이 틀림없당게."

"맞어. 들여놓은 이삿짐 보면 모르겄능가? 이불짐하고, 겨우 끼니 끓여 먹을 솥단지, 그릇 말고는 아무것도 없다잖어?"

"에이, 설마 아무려믄 그렇기야 할까. 둘 다 이제 스무 살이 될까 말까 한 나이들 같아 뵈든디."

"으마마, 무슨 소리당가? 그 나이면 무슨 짓을 못 할까. 우리 친정 엄니는 열일곱 살에 우리 큰오빨 낳았다우."

"만일에 그게 사실이라믄 이거 문제 아닌갑네? 따져 보면 그 둘 다 우리 딸 아들 같은 나이인디, 아무리 남이라지만 모르는 척 그냥 두고 볼 수도 없고, 또 우리 동네 아그들헌테도 교육상 해로운 일인 것이야 뻔하잖은갑네."

"여하간에, 요새 젊은것들 하는 짓거리들을 보믄 참 간뎅이도 크단 말여. 머리에 피도 덜 마른 나이에 저런 꼴로 붙어서 여기까장 도망쳐 숨어 있는 줄을 알믄 부모들 눈이 벌렁 뒤집혀 버릴 것이구만. 어이구 쯔쯧."

"그나저나 맨날 둘이서 시내로 나가 쏘다니다가 밤늦게서야 돌아오곤 하는 모양이든디, 그 많은 돈이 다 어디서 나올꼬?"

"보나마나 뻔하지 뭐. 시골에서 즈이 부모가 뼈 빠지게 벌어 놓은 돈 아니믄 뭣이겄나? 야반도주• 하면서 빈손으로 나오는 거

봤능가?"

"세상에, 원 말세일세 그랴. 쯔쯔쯔."

이웃집 아주머니들은 우물가에서건 빨래터에서건 서로 만나기만 하면 원이네 집의 그 젊은 남녀 얘기로 숙덕거리는 거였다.

우리 같은 조무래기들로서야, 밤봇짐이니 야반도주니 하는 따위의 정확한 의미가 무엇인지 알 수는 없었지만, 어른들의 표정이나 눈치로 보아 그들 남녀가 뭔가 남 모르게 대단히 좋지 못한 짓을 저질렀음에 틀림없을 거라고 막연히 추측할 뿐이었다.

"밤봇짐? 그건 보따리를 쌌다는 뜻이란 말여. 도둑질 말이여."

"그래, 그 사람들이 도둑질을 해가꼬 우리 동네로 숨어 들어온 것이 틀림없당게."

"으마아, 도대체 뭘 도둑질해가꼬 왔으까?"

"금덩어리 같은 거 아니까? 아니, 이따만큼한 돈뭉치를 그 가방에 숨겨가꼬 왔는지 모른다."

"그라믄 어째서 순경들이 안 잡아가고 있다냐?"

"글씨……. 어, 맞다. 증거가 없응게 그럴지도 몰라."

그런 어느 날, 우리는 고샅에 모여 딱지치기를 하거나 구슬을 굴리며 서로 고개를 갸우뚱거리고 있었다.

그때 그 두 사람이 처음 나타나던 날을 우리는 또렷이 기억하고 있었다. 참말 그랬는지도 모르잖은가. 여자가 들고 있던 그

• 야반도주 | 남의 눈을 피하여 한밤중에 도망함.

허름한 가방 속 아니면 청년이 들쳐 멘 커다란 이불 보퉁이 속 어딘가에 어쩌면 묵직한 돈뭉치라든가 금덩어리가 숨겨져 있었는지도 모르는 일 아닌가…….

그런 생각이 들자, 우리는 별안간 무슨 굉장한 비밀을 알아낸 탐정들처럼 가슴이 벌렁벌렁 뛰어오르고 눈빛이 반짝거리기 시작했다.

마침내 우리는 누가 먼저랄 것도 없이, 구슬치기하던 손을 털고 일어났다. 그리고 두 사람의 동태를 살펴보기 위해서 원이네 집을 향해 한꺼번에 몰려가고 있었다.

학교에서 선생님께서도 늘상 말씀하시지 않던가. 이웃에 낯선 수상한 사람이 나타나면 유심히 살펴 두었다가 경찰서에 재빨리 신고해야 한다고 말이다.

우리는 원이네 집 골목 어귀에서 한동안 마른침을 꿀꺽꿀꺽 삼켰다. 손바닥에 진땀이 돋아났다. 거기서부터는 들키지 않도록 몸을 숨겨야 한다고 한 아이가 말했으므로, 우리는 마치 반공영화 속의 주인공들처럼 일렬 종대로 쭈그려 앉아 오리걸음으로 조심조심 다가가기 시작했다.

원이네 집 탱자나무 울타리까지 다가가서 개구멍 사이로 안을 들여다보았지만, 집은 비어 있는 것처럼 인기척이 전혀 들리지 않았다. 원이네 식구들이야 들일을 나갔겠지만, 행랑채 방에 세 들어 있는 그 수상한 남녀들은 분명 집에 남아 있노라고 원이가 말했던 것이다.

그러나 어찌 된 셈인지, 반쯤 열려 있는 낡은 행랑채의 세살무늬 문짝 사이로 들여다보이는 방 안 역시 텅 비어 있는 것 같았다.

"어느 틈에 도망쳐 부렀능갑다야."

"그래, 간첩들은 눈치가 귀신같이 빠르다더라."

"보물 보따리를 갖고 달아났을까?"

"아직 어딘가 숨겨 놓았을지도 모른다. 마루 밑이나 아궁이 속 같은 데다가."

"무전기랑 함께 마루 밑에 흙을 파고 묻었을 것이여."

내가 말했다. 그것은 얼마 전 학교에서 단체 관람했던 반공영화 속의 간첩들이 했던 일이었기 때문이다.

한동안 저마다 가슴을 콩닥거리며 살피던 우리들은 용기를 내어 행랑채 가까이까지 들어가 보기로 했다.

그 행랑채는 작년까지만 해도 원이네 큰누님이 쓰던 방이었다. 지난해 가을, 시집가기 얼마 전에 원이네 큰누님 영단이는 온 동네 지붕이 들썩거리도록 한바탕 여러 날을 울고불고 야단법석 떨었었다.

혼수감 변변찮게 해 주었다고 식구들과 다투던 끝에, 아예 마당 한가운데 털버덕 주저앉아서 엉엉 대성통곡을 터뜨리기도 하고, 끝내는 떠다 놓은 옷감 뭉텅이를 제집 변소 똥구덩이에 한꺼번에 쏟아부어 버리는 바람에 원이네 아버지 남씨한테 북어꼴이 되도록 눅신하게 두들겨 맞아야 했다. 그 덕분에 온 동네 사람들이 다 몰려와서 한바탕 눈요기를 했었다.

원이네 큰누님은 시집가던 날에도 엉엉 울었다. 그 우는 까닭이 혼숫감에 대한 불만 탓이라는 둥 혹은 부모 곁을 떠나는 순간이 되자 비로소 철이 들어서 서러움이 복받친 때문일 거라는 둥, 어른들 사이에선 의견이 분분했던 것이다.

어쨌거나 우리는 사립문을 소리도 안 나게 열고서 원이네 집 마당 안으로 잠입하는 데 성공했다. 그 순간 어디선가 까르르르…… 터뜨리는 여자의 행복한 웃음소리가 들려왔다. 분명 집 뒤란 쪽이었다.

우리는 용기를 내어 발소리를 죽여 가며 집 모퉁이를 살금살금 돌아 나갔다. 모퉁이 기둥에 몸을 바싹 붙이고 고개를 살며시 빼내었을 때, 우리는 마침내 수상한 그 남녀의 모습을 발견해 내었다.

원이네 집 뒤란엔 커다란 은행나무 한 그루가 서 있었다. 그 나무 아래로 드리워진 서늘한 그늘 밑에 평상 하나가 놓여 있었는데, 그 둘은 지금 바로 그 평상 위에 나란히 붙어 앉아 도란거리며 무엇인가 맛나게 먹고 있는 참이었다.

그것은 대광주리에 담긴 포도였다. 여자는 보기에도 탐스럽고 먹음직스러운 포도송이를 한 손에 들고 있었는데, 이따금 한 알씩 따서는 청년의 입에 넣어 주곤 하는 참이었다.

그때마다 청년은 붕어처럼 입을 삐죽이 내밀어 그것을 받아먹곤 했다. 우리들 눈에는 그 모습이 바보스러워 보이는데도, 그것이 뭐가 그리 재미있고 신이 나는지 두 사람은 연신 까르르르 행복한 웃음을 터뜨리곤 했다.

그러다가 그들은 갑자기 아주 수상한 짓을 시작했던 것이다.

그것은 여자 쪽이 먼저였다. 포도알을 따서 우물거리던 그녀는 돌연 입 안에 담긴 포도 씨앗들을 푸푸, 소리를 내며 청년의 얼굴에 대고 내뱉기 시작했다.

그러자 이번엔 청년 역시 그 짓을 똑같이 여자에게 되풀이했다. 서로 번갈아 가며 상대편의 얼굴에 퉤퉤 포도 씨를 내뱉기도 하고, 그걸 피하는 시늉을 하면서 그들은 좋아라고 마구 손뼉을 치고 발을 구르며 깔깔거리고 있었다.

우리는 어리둥절해졌다. 전혀 싱겁기 짝이 없을 것만 같은 그 이상한 놀이가 저토록 재미있고 즐거운 것일까 싶으면서도, 한편으로는 그들이 은근히 부러워지는 느낌이었다. 그만큼 그들 두 사람의 표정은 더없이 유쾌하고 행복하게만 보였던 것이다.

어느새 우리는 보물 보따리며 비밀 무전기 따위는 까맣게 잊어버린 채 넋을 놓고 그들의 모습을 훔쳐보고 있었다. 보기만 해도 탐스러운 그 포도송이는 입 안에 신 침을 가득히 고이게 만들었고, 우리는 그들처럼 한입 가득히 씨앗을 물었다가 누군가의 얼굴에 뱉어 주고 싶다는 야릇한 충동에 미칠 것만 같았다. 나는 무심코 땅바닥에 침을 뱉고 말았다.

"어, 누구여!"

바로 그때 청년이 고개를 돌리고 우리를 발견했다. 순간 우리들은 화들짝 정신이 들자마자 '어마 뜨거라.' 하고 정신없이 원이네 집 대문을 향해 도망치기 시작했다. 결국 그렇게 해서 우리들의 탐정놀이는 끝장이 나 버리고 말았던 것이다.

언제나 그렇듯, 우리 조무래기들은 다시금 또 다른 놀이를 찾아 열중했다. 여름 내내 뙤약볕을 맞으며 공차기를 하고, 개구리며 뱀을 잡는답시고 막대기를 찾아 들고 온 들녘을 들쑤시며 다니다가 지치면 우리는 산 너머 강가를 찾아가 오후 내내 물장구를 치기도 했다.

유난히도 무덥고 햇볕이 따갑던 그해 여름도 다 지나고 다시 가을이 짙어 가고 있었다.

우리 동네의 가을은 언제나 약속처럼 뒷산 등성이로부터 시작되었다. 나지막한 산등성이의 상수리나무와 떡갈나무의 이파리가 차츰 엷은 갈색으로 물들어 가기 시작하는구나 싶으면, 어느새 가을은 골짜기를 타고 내려와 산기슭 밭고랑마다 수숫대와 조 이파리에 울긋불긋 물감을 드리우기 시작하고, 마침내는 들녘 벼 이삭의 묵직한 대궁이들을 온통 눈부신 황금빛 물결로 터질 듯 출렁이게 만들곤 하는 것이었다.

그해 가을은 별다른 일이라곤 없이 평온하고 무덤덤하게 우리 동네의 지붕 위로 흘러가고 있었다. 그동안 은심이네 할머니가 시름시름 앓다가 죽어 꽃상여를 타고 마을 뒤편 공동묘지에 묻혔고, 나하고 늘상 다투기만 했던 내 짝 병갑이가 시내로 이사를 갔으며, 어머니는 썩어 버린 내 어금니를 실로 빼어서 까치밥이라며 지붕에 던져 올렸다.

원이네 집 행랑채 두 남녀의 동태 역시 별달리 수상한 점이 없어 보였다. 아니, 한 가지 있긴 있었다. 그 여자의 배가 조금씩 불러 오기 시작했던 것이다.

하지만 두 사람은 변함없이 행복하고 즐거워만 보였다. 늘상 집 안에만 틀어박혀 있던 청년도 조금씩 동네 바깥 나들이를 하기 시작하는 눈치더니, 추수 때가 되면서부터는 주인집인 원이네 집 가을걷이를 무척 열심히 도와주기도 했다.

우리 집 벼베기 날에는 하루 종일 우리 식구들과 함께 들녘에서 일을 도와주기도 했고, 동네에서 공동 작업으로 시내 정미소에 가마니를 내어 가는 날 하마터면 마차 바퀴에 발을 깔릴 뻔한 일도 있었다.

그 덕분에 청년은 동네 사람들과 부쩍 친해진 눈치였다. 보기보다는 싹싹하고 일도 잘하는 좋은 청년이라고 어른들은 대견해하는 것 같았다. 여자 역시 부쩍 불러 오기 시작하는 배를 뒤뚱거리며 빨래터에 나와 스스럼없이 던지는 아낙네들의 걸찍한 농지 거리에 발갛게 얼굴을 붉히기도 했다. 그럴 때마다 수줍게 웃는 그녀의 분홍빛 잇몸과 가지런한 치아가 나는 좋았다.

겨울이 가고 첫눈이 내렸다. 그 사이 여자의 배는 눈에 띄게 부풀어 가고 있었고, 우리는 이따금 그녀의 배가 과연 얼마만큼 더 부풀어 오를 수 있을 것인가에 대하여 고개를 갸웃거리기도 했다.

"저 배 속에 애기가 들어 있단 말여? 애기는 무얼 먹고 살지?"

"짜아식들, 콩알만 한 놈들이 뭘 모른당게. 암마, 공기 바람 먹고 살지, 뭘 먹고 살어?"

"공기 바람을?"

중학교 졸업반인 원이네 작은형의 말에 우리는 눈을 똥그랗게 치뜨고 물었다. 이제는 완전히 다 낡아 빠져 버린 원이의 축구공에 바람을 넣기 위해 원이네 집 마당에 갔을 때였다. 자전거 바퀴에 바람을 넣는 펌프를 꺼내 와서, 바늘을 축구공에 질러 넣고 푹푹 펌프질을 하던 원이네 형은 혼자 킬킬거리며 말했다.

"그래 임마. 용식이 형이 밤마다 색시 뱃속에다가 푹푹 바람을 넣어 주니까 저렇게 색시 배가 부풀어 오르는 것이란 말여. 짜아식들, 좆도 모르는 것들이 탱자탱자허고 있냐. 이히히힛."

원이네 형은 저만치 마당 끝에서 빨래를 널고 있는 그 여자 쪽을 흘금거리며 혼자 킬킬 웃었다. 용식이 형이란 바로 그 청년의 이름이었다.

"와아, 참말?"

거짓말 같기도 했지만, 우리는 그 말을 의심하지 않았다. 그날 밤 나는 꿈을 꾸었는데, 그 용식이 청년이 여자를 방바닥에 눕혀 놓고 원이네 집 자전거 펌프를 꺼내 와서 열심히 푹푹 소리가 나도록 펌프질을 하는 꿈이었다.

그런 어느 날이었다. 아쉬운 설날이 지나긴 했지만, 며칠 후엔 다시금 대보름날이 우리를 기다리고 있을 무렵이었다.

해가 뉘엿뉘엿 지기 시작하는 저녁나절, 느닷없이 우리 동네에 웬 낯선 사람들 대여섯 명이 출현했다. 그리고 그들은 다짜고짜 원이네 집 행랑채를 향해 돌진해 들어갔던 것이다. 이내 여러 사람이 한데 엉켜 싸우는 듯한, 굉장히 소란한 고함 소리와 울음 소리가 그쪽에서 터져 나오기 시작했다. 온 동네가 시끌벅적할 지경이었다.

어머니의 꽁무니를 쫓아 내가 그 집 골목으로 달려갔을 때, 서너 명의 낯선 아낙네들이 마침 그 젊은 여자의 머리채를 휘어잡은 채 질질 끌고 나오고 있는 참이었다.

"이년! 쥑일 년아! 네까짓 천한 년이 감히 우리 김씨 가문 삼대 독자 외아들을 홀려가꼬 신세를 망쳐 놓을라고 그래앳!"

"이년을 쥑여 뿌러야 혀! 세상 물정 모르는 순진한 용식이헌테 꼬리를 쳐서, 논 닷 마지기 판 돈을 훔쳐가꼬 야반도주한 년, 이 여우 같은 도둑녀언!"

"오냐, 이 도둑년 잘 만났다이. 네년 잡을라고, 내가 농사까장 작파하고 일 년 내내 남한 천지를 들쑤시고 댕겼다. 당장 감옥소에 끌려 들어가서 콩밥을 묵게 해 줄 텐게. 어디 맛 조까 봐란 말여!"

여자들은 분에 겨워 씩씩거리며, 다짜고짜 그녀를 끌고 고샅을 나서며 고래고래 욕설을 퍼붓고 있었다. 동네 사람들은 반쯤 얼이 빠진 듯한 표정을 하고 비켜서서 구경만 했다.

여자는 말없이 흐느껴 울고만 있었다. 까치집처럼 엉망으로 쥐어뜯긴 머리채를 하고 맨발로 질질 끌려가면서도, 도움을 청하는 듯한 슬픈 눈으로 그녀는 연신 원이네 집 쪽을 돌아보려고 애를 쓰고 있었다. 그런데도 어찌 된 셈인지, 또 다른 두 명의 중년 남자에게 둘러싸인 용식이 청년은 행랑채 마루 한가운데 맥없이 주저앉은 채 멀거니 그 광경을 바라보고만 있을 뿐이었다.

그 낯선 침입자들은 그녀들이 타고 왔던 시발 택시에 여자를 짐보따리마냥 함부로 쑤셔 넣자마자 부르릉 소리를 남기고 시내 쪽을 향해 사라져 버리고 말았다. 잠시 후, 이번에는 용식이 청년이 두 사내의 뒤를 따라 마을을 떠났다. 철도 건널목을 넘어 신작로를 따라 고개를 푹 숙인 채 터벅터벅 멀어져 가고 있는 그의 뒷모습이 마치 끌려가는 한 마리 황구*처럼 보였다.

"오메, 내 진즉부터 이런 사단이 벌어질 줄 뻔히 알았당게!"

"아까 용식이 청년을 끌고 가든 그 어른이 바로 즈이 아부지라여."

"미치고 환장하게도 생겼제 그랴. 영광읍에서 정미소까장 갖고 있는 천석꾼 땅부자라는디, 애지중지허는 삼대독자 외아들이 천한 소작인 딸년하고 배가 맞어가꼬 도망질을 쳤으니 오죽했겠능가. 아이고, 그 젊은 가시나가 눈웃음 살살 침서 아양질 떨어대는 걸 보니께, 열 번 그러고도 남겄드랑게."

"어따, 아무리 그래도 너무 심허구마는. 즈이들끼리 서로 좋아서 배 맞은 걸 어떡허란 말이여. 소작 부치고 사는 사람은 워디 사람이 아닌갑네."

"그나저나 젊은 색시가 불쌍해서 어쩐다요? 저렇게 오뉴월 수

박통맨키로 만삭으로 배까장 잔뜩 불러가꼬…….”

“아무리 저래 봐야 부모들도 이런 판국에 뭐 어쩌기야 할랍디여. 쥑이지도 살리지도 못허고, 이왕지사 그리된 거, 헐 수 없이 둘이 짝지워가꼬 살게 해 줘야겠제라우.”

“아이구, 그러기는 폴씨• 틀렸겠등마는. 아까 그 용식이 어미라는 여자 보통이 아니겼어. 너 죽고 나 죽자고 시퍼렇게 두 눈에 불을 킴서 개 잡디끼 질질 끌고 가는 거 안 봤능가.”

“허어 참, 동네가 시끄러울랑게 별 고약한 일이 다 생기는구마이. 오메, 이 잡녀르 아새끼들아, 너까짓 것들이 뭣을 안다고 몰려나와 이 지랄들이여. 빨랑 집으로 안 기어 들어갈라냐앗!”

우리들은 비로소 그 낯선 사람들이 바로 용식이 청년의 부모와 친척이라는 사실을 알았다. 그리고 용식이 청년과 그 여자가 둘이 ‘배가 맞아서’ 부모 몰래 고향을 뛰쳐나와 우리 동네에서 ‘동거 생활’이라고 하는, 뭔가 아주 큰 죄를 범했기 때문에 끌려가고 말았다는 사실을 알 수 있었다.

그 소동이 벌어진 후, 그들은 다시는 우리 동네에 나타나지 않았다. 몇 안 되는 그 젊은 남녀의 살림살이는 그대로 남겨진 채로였다. 얼마 있다가 그 살림살이는 모두 원이네 엄마의 차지가 되었는데, 그걸 두고 아낙네들은 방세까지 몇 달분을 미리 챙겨

• 황구 | 누렁이(개).
• 폴씨 | 벌써.

받은 주제에 염치도 없이 뻔뻔하다는 둥, 배짱 한번 두둑하다는 둥, 한동안 입을 비쭉거리는 눈치였다.

그날 이후, 차츰 그 두 사람은 우리들의 기억에서 희미하게 지워져 갔다.

이따금 어른들은 그들의 이야기를 떠올리곤 했는데, 아직까지 소식이 없는 걸 보면 필시 부모가 두 사람을 도리 없이 짝지어 주어서, 부부로 살고 있을 거라는 추측을 하는 사람들이 많은 것 같았다.

그해 겨울은 춥고 길었다. 유난히도 눈이 많이 내려서 우리는 방학 내내 눈밭에서 강아지처럼 뒹굴기도 하고, 얼어붙은 방죽으로 나가서 지겹도록 썰매를 지치기도 하면서 보냈다.

그렇게 겨울이 가고 봄이 찾아왔다. 나는 국민학교를 마치고 중학생이 되었고 원이네 집 행랑채엔 새로운 사람들이 셋방을 얻어 들었다. 원이가 그토록 애지중지하던 축구공은 마침내 찢어져 버렸지만, 우리들은 그다지 애석해 하지도 않았다. 원이도 나도 이젠 중학생이었고, 예전처럼 모여 공차기를 하기엔 시간이 그다지 많지 않게 되었기 때문이다.

이윽고 여름이 찾아왔고, 기다리던 방학이 막 며칠째로 접어들던 어느 날이었다. 장마가 시작되려는 듯, 먹장구름이 새까맣게 하늘을 덮어 누르기 시작하고 있는 오후, 그 돌연한 소문은 내 귀에까지 들려왔다.

"너 그 소문 들었냐? 용식이네 색시가 나타났다더라."

"참말로? 언제?"

"아까 점심나절에 원이네 집으로 들어갔단다. 그런디 미친년이 돼가꼬 왔다더라."

옆집 길용이의 말에 나는 밖으로 달려 나갔다. 소문은 온 동네에 쫙 깔려 있었다. 원이네 집 마당으로 들어서니, 벌써 한 떼의 동네 아주머니들이 모여들어서 웬 여자 하나를 빙 에워싸고 있는 참이었다.

그 여자를 보는 순간, 나는 믿을 수가 없었다. 여자는 지푸라기 같았다. 광대뼈가 불거진 뺨은 파리하다 못해 상여에 꽂는 흰 종이꽃처럼 말라붙어 있었고, 두 눈은 구멍처럼 커다랗게 열린 채 허공의 어느 자리인가를 맥없이 떠돌고 있는 것 같았다.

그런 텅 빈 눈을 하고, 그녀는 토방 끝에 오도카니 무릎을 세우고 앉아 있을 뿐이었다. 치렁하던 머리채는 아무렇게나 중동에서부터 싹뚝 잘린 몽당 빗자루 꼴이었고, 언제부터 입었는지 때아닌 겨울 털 스웨터와 두터운 바지, 그리고 슬리퍼 밖으로 드러난 두 발은 때와 부스럼 피딱지로 새까맣게 도배질 되어 있었다.

"세상에나, 이 불쌍한 인생을 어째사 쓸꼬이. 그리도 곱고 희뿌옇던 얼굴이 이 지경이 돼 부렀구마이, 쯧쯧쯧."

"어쩌다가 이리 되어 버렸을꼬. 이 꼴을 하고 어디를 헤매고 다니다가 여기까장 다시 흘러들어 왔을까이."

원이네 엄마가 혓바닥을 연신 찼고, 우리 어머니는 치맛자락에 콧물을 찍어 내고 있었다.

나는 어른들의 틈을 비집고 고개를 디밀었다. 울컥 구역질이 치밀 것만 같았다. 여자의 몸뚱이는 차라리 하나의 걸레 뭉치였다. 한여름 쓰레기통에서 풍겨 나는 쉬어 빠진 듯한 고약한 악취가 그 걸레 뭉치에서 풍기고 있었다.

나는 도저히 믿어지지가 않았다. 이 여자가 그 여자란 말인가. 분홍빛 파라솔을 들고 까르르르 웃음을 터뜨리던 그 여자. 원이네 집 뒤란에서 용식이 청년과 다정하게 앉아 포도를 먹으며 행복해하던 그 여자……?

그러나 그 볼품없고 더럽기 그지없는 걸레 뭉치는 분명히 그녀였다. 불과 일 년 사이에 그 여자에겐 이십 년의 세월이 흘러간 것 같았다. 그렇게 그녀는 늙고 추해 보였다.

"이봐, 용식이 청년은 어뜨케 되었는가? 그 사람은 어디다가 놔 두고 이리 떠돌아댕기는 거여, 응?"

"집은 없능가? 아, 이러지 말고 고향으로 돌아가야 할 거 아녀, 세상에 무슨 대답을 해야 짐작이라도 허제. 말까지 잊어버렸으까?"

"어따, 정신이 성찮은 주제에 물어본들 무슨 소용이 있을랍디여. 그간 내력을 뻔히 알고도 남겄구마는. 그 인정머리 없는 사람들이 즈이 아들만 감싸고 어거지로 떼어 놓고설랑 이 가련한 인생만 내쫓아 버린 것이 틀림없당게. 안 그러고서야 생판 씽씽하던 젊은 것이 이 모양 이 꼴로 실성해서 떠돌아댕기고 있겄소?"

"어메어메, 그리도 잔인하고 매몰찬 인간들도 있을꼬. 천벌을 받아도 싸지, 싸. 불쌍해라. 쯔쯔쯔."

"그나저나 용케도 어찌 알고 여기까장 찾아들 생각을 다 했으까이. 실성한 주제에 옛날 생각이 나서 찾아왔는 모양이시 그랴."

그렇게 동네 아낙네들이 주고받으며, 이 말 저 말 물어보아도 그녀는 다만 멀거니 그 자리에 주저앉아 있을 뿐이었다. 아무 표정도 기미도 보이지 않는 얼굴로 그녀는 그 텅 빈 두 눈만 멀거니 풀어헤쳐 든 채였다.

"가만, 애기를 낳았을 것인디? 이거 봐, 애기는 어디 있능가. 애기 말여. 애기."

원이네 엄마가 그제서야 생각이 난 듯, 여자의 앙상한 어깻죽지를 손가락으로 툭툭 건드리며 그렇게 큰 소리로 물었다. 돌연 그녀가 벌떡 몸을 일으킨 것은 바로 그 순간이었다.

"애기…… 내 애기, 우리 애기……."

여자는 갑자기 주문을 외듯 더러운 입술로 뇌까리기 시작했다. 그러더니 두 팔을 마구 허우적거리며 애타게 주위를 두리번거리는 것이었다.

"내 애기, 우리 애기. 못 봤능가라우, 예에? 우리 애기, 우리 이쁜 애기 말이어라우. 아아, 우리 애기……."

여자가 비명을 지르듯 소리치며 이리저리 매달리는 시늉을 하자, 사람들은 갑자기 두려움에 질린 표정으로 뒷걸음을 치기 시작했다.

“으마마, 왜 저런다냐, 실성기가 도진 모양이여!”

“누가 좀 잡어 봐. 왜 저런다냐.”

물러서는 사람들을 휙 둘러보더니, 여자는 와락 마당을 가로질러 대문 쪽으로 달려가기 시작했다. 모여 있던 사람들이 황황히 길을 터 주었다. 여자가 내 앞을 지나쳤을 때, 고약한 악취가 풍겨 나왔다.

“아가, 내 아가야. 우리 애기. 내 이쁜 애기야…….”

노래를 부르듯 소리를 지르며, 그녀는 더러운 옷 보퉁이를 가슴에 껴안은 채 어느새 고샅을 저만치 빠져나가고 있었다. 그러나 아무도 그 걸레 뭉치 같은 여자를 불러 세우려 하지 않았다.

우리는 이내 고샅 어귀로 몰려 나갔다. 여자는 공터를 지나 마을 초입의 철도 건널목을 넘어 종종걸음으로 달려가더니, 문득 신작로를 벗어나 논둑길로 접어들었다. 그녀의 걸음은 위태로웠다. 몇 번이나 논둑에서 미끄러져 물고랑 속으로 나뒹굴면서도, 그녀는 다시 일어나 방죽을 향해 종종걸음을 하고 있었다.

이윽고 그녀가 방죽 둑 위에 올라서는 게 보였다. 행여나 그대로 방죽 속으로 뛰어드는 건 아닐까 가슴이 조마조마했다. 그러나 여자는 둑 위에 슬그머니 주저앉더니, 아까처럼 두 무릎을 세우고 오도카니 앉아서 방죽 저편 어딘가를 바라보고 있는 것 같았다.

갑자기 빗방울이 후두둑 후두둑 떨어져 내리기 시작했다. 소나기였다. 순식간에 굵어진 빗방울이 새까맣게 시야를 가리며 퍼부어 내리고 있었다. 벌써 사람들은 다투어 저마다 집을 향해 뿔뿔이 흩어지고 있었다. 억수같이 퍼붓는 빗속을 뚫고 어머니를 따라 집을 향해 달음질을 치기 시작했다.

반 시간쯤 후, 나는 헌 비닐 우산을 찾아들고 혼자 공터로 나왔다. 그 여자의 일이 궁금했다. 비는 갈수록 세차게 쏟아지고 있었다. 굉장한 비였다.

저만치 들판 건너편으로 시선을 돌렸다. 놀랍게도 그 여자는 아직도 방죽 둑길 위의 그 자리에 오도카니 앉아 있는 참이었다. 꼼짝도 하지 않고 혼자서 자리를 지키고 있는 여자의 등 모습은 부스럼 딱지처럼 자그맣게 오므라들어 가고 있는 것만 같았다.

날이 벌써 어두워 오기 시작하고 있었다. 장대 같은 비는 끝없이 쏟아지는데도, 여자는 움직이지 않았다. 나는 우산을 받쳐 든 채 그 자리에 서서 방죽 쪽을 오래오래 바라보았다. 알 수 없는 일이었다. 이렇게 쏟아지는 비를 맨몸으로 고스란히 두들겨 맞으며 여자는 무엇을 저렇듯 뚫어져라 내려다보고 있는 것일까…….

"이 녀석아, 거기서 뭘 하고 있는 거여. 저녁상 들여놓았는디."

고샅 어귀에서 나를 찾아 나온 어머니의 목소리가 들려왔다. 나는 등을 돌려 집을 향해 걷기 시작했다. 골목 어귀를 접어들기 전에 나는 마지막으로 뒤를 돌아다보았다. 이미 어둠은 비와 함께 들녘을 까무룩히 덮어 가기 시작하고 있었다. 그 어둠 속 저

편으로 방죽의 거뭇한 둑과 그 둑 위에 한 점 자그마한 얼룩 같은 것이 아스라하니 눈에 잡힐 듯하더니, 이내 아주 까맣게 묻혀 버리고 말았을 때 나는 돌아섰다.

그날 밤새 내내 비는 억수같이 퍼부었고, 라디오에선 호남 지방 일대에 호우주의보가 내려졌음을 알렸다.

그 밤, 나는 어지러운 꿈속에서 그 여자를 보았다. 방죽가에 홀로 서 있는 그 여자는 화사한 분홍빛 파라솔을 들고 있었다. 여름 한낮의 쨍쨍한 햇볕이 터질 듯 쏟아져 내리는데, 수면 위로 무엇인가 얼핏 동두렷이 피어오르는 것이 보였다. 그것은 파란 연꽃의 이파리였다. 여자가 파라솔을 든 채 방죽으로 천천히 걸어 들어가기 시작했다. 여자는 웃고 있었다. 까르르르르. 행복에 찬 여자의 기쁜 웃음소리가 맑게 수면 위로 흩어졌다. 이윽고 여자는 그 커다란 연꽃 이파리를 손으로 잡더니, 그 넓은 이파리 위로 훌쩍 올라앉는 거였다. 까르르르. 그녀의 맑은 웃음소리와 함께 분홍빛 파라솔을 태운 그 파란 이파리는 천천히 떠서 흘러가기 시작하더니, 어느새 아스라하니 멀리 수평선 너머로 사라지고 있었다.

이튿날 아침 나는 비가 그친 방죽으로 나가 보았지만 그 여자의 흔적은 어디서고 찾을 수가 없었다. 그 후, 그 불행한 여자는 다시는 영영 우리 동네를 찾아오지 않았다.

하지만 해마다 여름이면 이따금 나는 그 여자의 기억이 떠오르곤 했다.

원이네 집 뒤란 평상에 앉아 포도 씨를 가득 입에 물고 용식이 청년의 얼굴에 퉤퉤 뿜어내면서 까르르르 터뜨리곤 하던 그 여자의 웃음소리, 그리고 그 이상한 놀이를 되풀이하는 순간에 그들의 얼굴에 떠오르던 한없이 행복해하던 표정이 내겐 무엇보다 잊혀지지 않았다. 그때 그들에겐 그 이상한 놀이가 그토록 재미있었던 것일까…….

아마 바로 그해 늦은 여름이었을 것이다.

어느 날 오후에 어머니가 모처럼 시내에서 포도를 사서 들고 오셨다. 끝물에 나온 포도여서 알맹이도 성기고 볼품이 없었지만, 맛은 좋았다. 마침 나 혼자 집을 보고 있던 참이어서 어머니와 나는 마루에 나앉아서 그걸 먹었다.

그런 어느 순간 나는 용식이 청년과 그 여자의 행복한 놀이가 퍼뜩 떠올랐던 것이다. 나도 포도 알을 여러 개 입 안에 털어 넣고 우물거리다가, 갑자기 마주 앉은 어머니의 얼굴을 겨누고 힘차게 내뱉었다.

퉤! 포도 씨는 너무나 정확하게도 어머니의 콧잔등과 뺨에 명중해 주었고, 나는 아주 행복해하는 웃음을 막 까르르르 하고 터뜨려 볼 찰나였다. 그러나 바로 그 순간, 철썩 하고 어머니의 큼직한 손바닥이 내 볼따구니를 세차게 후려쳤던 것이었다.

"이 자식이 뜬금없이 미쳤능갑다! 어디서 배운 못된 버르장머리여! 더럽구마는."

번쩍, 불똥이 튀어나간 듯 화끈거리는 볼따구니를 감싸 쥔 채 나는 어머니의 성난 얼굴을 멍하니 건너보다가, 엉거주춤 일어나 밖으로 나섰다. 마을 앞 공터에 이르러 나는 방죽 쪽을 바라보며 우울해졌다. 아아. 그것이 얼마나 즐거운 놀이인 줄을 이해해 주지 못하는 어머니를 가졌다는 사실이 나는 슬펐다.

《등대》(문학과지성사, 2002)

임철우

1954년 전남 완도에서 태어나 1981년 〈개도둑〉으로 등단하였습니다. 깊은 인간애를 바탕으로 인간성 파괴를 비판하는 작품들을 선보여 왔습니다. 〈붉은 산, 흰 새〉, 〈그 섬에 가고 싶다〉, 〈봄날〉, 〈백년여관〉 등의 소설을 썼으며, 《아버지의 땅》, 《그리운 남쪽》, 《달빛 밟기》 같은 소설집을 펴냈습니다.

:: 내용 되새기기

1 낯선 두 남녀가 마을에 온 날 아이들이 방죽에서 발견한 것은 무엇인가요?

2 '나'가 훔쳐본 두 남녀는 어떤 모습이었나요?

3 두 남녀는 어떻게 헤어지게 되었나요?

4 다시 나타난 여자는 어떤 모습이었나요?

:: 생각해 보기

1 사랑은 왜 아름다운 것인지 생각해 보세요.

2 '사랑에는 책임이 따른다'는 말은 무슨 뜻일까요?

더 읽어 보기

임철우의 단편소설 – 사람들의 쓸쓸한 삶의 모습을 다룬 〈사평역에서〉, 분단의 아픔을 다룬 〈아버지의 땅〉

나의 아버지

정영석

이때서야 나는 알게 되었어요. 아버지가 나의 체육 때문에 아침마다 나를 데리고 신체 단련 하고 있다는 것을 말이에요. 나는 가슴이 뭉클하고 눈굽에 눈물이 핑 돌았어요. 아, 나의 아버지! 아버지는 정말 훌륭한 분이었어요.

"아버지, 저녁을 먼저 드세요."

저녁상을 다 차리자 나는 객실에서 신문을 보시는 아버지를 불렀어요.

나에겐 나의 속타산이 따로 있었어요. 학부형 회의에 가신 어머니가 돌아오시기 전에 몸을 빼려는 것이었어요. 내가 '3호 학생'* 이 못 되었다고 어머니는 나를 보기 바쁘게 핀잔을 줄 테니까요.

"너의 어머니가 오시면 함께 먹자꾸나."

나의 심정을 알 리 없는 아버지의 대답이었어요.

"아버지, 그럼 난 먼저 먹고 동무네 집으로 숙제하러 가겠어요."

내가 이렇게 말하자

"오늘은 토요일인데 좀 쉬려무나. 어머니랑 함께 오늘 저녁엔 영화 구경이나 하자꾸나. 외국영화라더라. 내가 영화표까지 석 장 사 가지고 왔다."

하며 자애롭게 말씀하시는 것이 아니겠어요.

나는 차마 아버지 말씀을 거역할 수 없었어요.

이때 벌컥 문이 열리더니 어머니가 돌아오셨어요.

어머니의 기색을 살펴보니 내가 예상한 대로였어요. 좋다면 온 얼굴에 웃음이요, 조금이라도 기분이 잡치면 눈살부터 꿋꿋

* 3호 학생 | '三好 학생'으로 지(知), 덕(德), 체(體)를 겸비한 학생. 여기서는 전 과목에 모두 뛰어난 학생을 가리키는 말.

해지는 어머니였으니까요.

"늦었구려. 오늘 저녁은 우리 윤희가 혼자서 저녁을 다 짓고 저녁상까지 차렸다오. 지금 당신이 오기를 기다리던 중이오."

아버지가 정지간으로 나오며 반죽 좋게 하시는 말씀이었어요.

어머니는 아버지 말씀엔 아무 응대도 없이 활활 옷부터 벗는 것이었어요.

나는 숨이 한죽은해서* 벼락이 떨어지기만 기다렸어요.

"그래, 우리 윤흰 어떻습데? 괜찮겠지?"

아버지는 저녁상에 마주 앉으며 내가 제일 두려워하는 소리를 끝내 꺼내고야 말았어요.

"이 멍텅구리야! 글쎄 체육 때문에 '3호 학생'이 못 되다니! 내 원, 창피스러워서……."

어머니는 나를 흘겨보며 끝내 욕설주머니를 털어놓고야 말았어요.

그리곤 부랴부랴 호주머니를 뒤적이더니 8절지에 등사한 전 학급의 기중 시험 성적표를 꺼내어 아버지 앞에 탁 팽개치는 것이었어요.

"널 누가 집에 와서 밥을 지으라 했니, 빨래를 하라 했니? 이 등신아!"

어머니가 집에 안 계시는 틈에 저녁을 지어 어머니를 기쁘게 하려 한 나의 호의를 너무도 무시하고 욕밖에 모르는 어머니에게 나는 슬그머니 반감이 치솟겠지요. 어머니에게 대답질할 말들이 꼬리에 꼬리를 물고 목구멍까지 올라오는 것을 나는 겨우 참았어요. 부모님들이 말씀하실 때 대답질하는 버릇이 제일 나쁜 버릇이라고 늘 우리를 교육하시던 선생님의 말씀이 생각났던 거예요. 부모들이 하시는 말씀이 간혹 사실에 부합되지 않더라도 환경과 방법을 고려해 가며 좋은 말로 차근히 도리를 설명해 드려야 한다고 하지만 정작 그렇게 하자니 어디 그리 쉽나요. 나는 너무도 억울하여 눈물까지 핑그르르 돌았어요.

"자, 내 좀 보자꾸나. 어문이 98점, 수학이 100! 한어 95점, 야, 우리 윤희 학습 성적이 괜찮구나! 음, 체육이 좀 낮아. 50점이면 좀 낮지. 그래도 괜찮아. 원숭이도 나무 위에서 떨어질 때가 있다는데. 그래, 우리 윤희가 아무리 잘하기로 한 번도 실수할 때가 없겠소? 그렇지 않소? 여보."

어머니의 기색엔 모르쇠를 대며• 기분 좋게 하시는 아버지의 말씀이었어요.

"에그 에그, 문제는 통 당신에게 있어요! 당신이 늘 그렇게 감싸길래 계집애가 '3호 학생'도 못 되지!"

이번엔 어머니가 아버지에게 불길을 돌렸어요.

"허허, 이번에 못 되면 다음번에 되면 되지 않소? 이제 겨우 소학생인 우리 윤희가 아직도 중학교, 대학교까지 가야 하겠으니

• 숨이 한죽은해서 | 숨을 낮게 고르면서.
• 모르쇠를 대며 | 덮어놓고 모른 체하며.

'3호 학생'이 될 기회야 얼마든지 있지. 그렇지 않소? 야, 윤희야! 거 술이나 한잔 다구. 오늘은 토요일인데 한잔 해야지. 그리고 우리 윤희 반찬 볶는 기술도 어떤가 검정해야지."

아버지가 화제를 돌리는 말씀이었어요.

나는 아버지 말씀이 얼마나 고마웠던지 술병을 가져오려고 얼른 자리에서 일어났어요.

나의 체육 성적이 낮을 줄을 아버지도 번연히 알고 계셨어요. 저녁을 지을 때 내가 아버지에게 고스란히 다 말했으니까요. 기쁜 일, 성난 일, 괘씸한 일, 다툰 일…… 난 무엇이나 다 말하고 싶었어요. 그러면 아버지는 그 넓고 넓은 가슴에 나의 옳은 말, 그른 말 다 받아들였어요. 그리곤 차근차근히 시비를 갈라 주었어요. 어떤 때엔 난 아버지와 쟁론도 했어요. 그래도 아버진 성내지 않고 계속 웃는 얼굴이었어요. 허지만 난 어머니 앞에서는 욕설이 무서워 좋은 일 기쁜 일은 말해도 잘못했거나 꾸중 들을 일은 꼬물• 만치도 꺼내고 싶지 않았어요. 그렇다고 거짓말까지는 하지 않지만.

"여보, 내 오늘 병원에 가 보니 혈압이 좀 높고 동맥경화가 왔다나?"

아버지가 술을 둬 잔 하시더니 어머니보고 하시는 말씀이었어요.

"뭐라구요? 아니, 그런데도 술을 마셔요?"

어머니는 무심결에 아버지의 손에서 술병을 빼앗으며 몹시 놀라는 것이었어요.

정말 나도 깜짝 놀랐어요. 평시에 감기 한 번 안 걸리시던 아버지께서 그 몹쓸 고혈압 병에 걸리다니? 이건 정말 청천벽력이었어요.

"그럼 어쩌나요, 아버지?"

"허허허, 현대 의학이 고도로 발달한 오늘에 와서 그게 무슨 그리 대단한 병이라고 그러니? 의사 선생님이 그러시던데 아침 전에 적당히 활동하면 낫는다더구나."

아버지는 태평스레 대답하는 것이었어요.

"그래 약은 없었어요?"

"있지, 왜 없겠소? 그런데 약물치료보다 신체 단련이 더 좋다더구만. 그러니 안심하오."

"그렇다면 내일 아침부터 신체 단련을 하세요."

아버지 말씀이 떨어지기 바쁘게 이어 대는 어머니의 말씀이었어요.

방금까지도 나 때문에 언짢아하시던 어머니의 기색은 온데간데 없이 사라졌어요.

"그런데 혼자서 활동하다가 어지럼증이 나서 넘어나지면 어쩔까?"

이번엔 아버지가 나를 굽어보며 하신 말씀이었어요.

• 꼬물 | 아주 조금.

"아버지, 내가 매일 아침마다 아버지를 따라다닐래요!"

"그럼 식전 공부는 어쩌겠니?"

어머니의 근심 어린 물음이었어요.

"그럼, 이렇게 하면 안 될까? 아침 식사 준비는 너의 어머니가 좀 더 수고하고 나는 신체 단련을 하고 윤희는 나를 보위하면서 밖에 나가 식전 공부를 하고……."

"좋아요! 좋아요!"

나는 환성을 올렸어요.

"그럼 아침에 내가 불을 때지 않아도 될까?"

아버지가 어머니에게 하시는 말씀이었어요.

"에그 에그, 일 년 가다 한두 번씩 불을 때 주고도 부엌일을 도맡은 것처럼……."

어머니가 눈을 곱게 흘기며 악의 없이 하는 대답이었어요.

저녁 후, 우리는 유쾌한 기분으로 영화 구경을 갔어요. 영화는 정말 아짜아짜하고* 재미있었어요.

이튿날 아침부터 아버지는 다섯 시만 되면 꼭꼭 나를 깨워 밖으로 데리고 나갔어요.

늦잠에 습관된 내가 아침 다섯 시에 일어난다는 것은 쉬운 일이 아니었어요. 그러나 아버지의 고혈압 병이 떨어진다니 나는 두 눈을 쥐어뜯으면서라도 일어났어요.

이전에 아버지는 나보고 아침 전 단련을 하면 좋다면서 몇 번이나 일과표를 만들어 주었댔어요. 그러나 나는 번번이 그대로 하지 못했어요. 아버지가 어머니께 말씀드려 깨워 달라면 깨어날 수는 있어도 혼자서 달리기를 하기란 쉽지 않았어요. 여름 같은 때는 괜찮았어도 겨울철엔 다섯 시면 아주 캄캄하였어요. 게다가 한번은 남자 애들에게 놀려 댄 다음부턴 아예 싹 걷어치웠던 거예요.

우리 급에 학교 축구 팀에 든 동식이라는 애가 있는데 한번은 글쎄 내가 천천히 달리는 걸 보고

"얘, 윤희야, 너도 축구 팀에 들고 싶어 단련을 하니? 내가 지도 교원에게 말해 줄까?"

이러면서 능글맞게 놀지 않겠어요? 난 그 이튿날부터 다시는 아침 전 단련을 하지 않기로 마음먹었던 거예요.

아버지는 나의 손을 잡고 공기가 맑은 강변으로 나가 산보하시면서 나의 식전 공부를 지도해 주셨어요.

아버지는 퍽 분망한 분이었어요. 공장 직장장•인 아버지는 혁신 창조 때문에 늘 밤중에야 집으로 돌아오곤 하셨어요. 때문에 어머니도 이전엔 늘 아침을 다 지어 놓고서야 아버지를 깨웠어요. 어머니 말씀처럼 아버지가 부엌에 내려가 불을 땐 일은 일년치고 한두 번도 있으나마나 했어요.

그런데 아버지에게 고혈압 병이 있다면서 나와 함께 식전 단

• 아짜아짜하고 | 마음이 죄어들게 아슬아슬하고.
• 직장장 | 공장을 행정직으로 책임지고 관리하는 사람.

련을 하기로 약속한 후부터는 저녁에 아무리 늦게 퇴근하여도 이튿날 아침 다섯 시만 되면 꼭꼭 아버지를 깨웠어요. 고혈압 병이 무서운 병이라는 것을 나도 알아요. 요 며칠 전에도 우리 학교의 교무처 주임인 조 선생님이 고혈압 병으로 세상 떴대요. 어머니도 아마 그래서 각별히 관심하는 것 같았어요.

아버지는 첫 며칠은 산보만 하시더니 그 다음부터는 차츰 달리기를 시작했어요. 100미터, 500미터, 1000미터…… 달리는 거리는 매일 늘어났어요.

나도 아버지를 따라 달려야 했어요. 나의 임무는 아버지를 보위하는 거니까요. 처음 달릴 때엔 숨이 차고 가슴이 터지는 것 같았지만 아버지를 위해서 꼭 해야 한다 하니 견지할 수 있었고 차츰 단련되니 날이 갈수록 나도 제법 달리기 선수라도 된 듯 기분이 상쾌했어요.

한번은 코앞에서 축구 팀의 동식이와 맞다들지 않았겠어요. 나는 아버지와 이야기하며 달리다 나니 그 애가 언제 눈앞에 온지도 몰랐어요. 그 애도 낼 줄은 생각지 못한 것 같았어요. 그러길래 두 눈이 휘둥그래서 우리를 쳐다보겠죠. 이번엔 난 의젓했어요. 아마도 아버지가 곁에 있었기 때문일 거예요.

근 보름이 지나자 아버지는 나를 데리고 학교 운동장으로 갔어요. 철봉 운동도 해야 한다면서요. 난 철봉 운동이 딱 질색이에요. 팔 힘이 없어 그런지 난 철봉 턱걸이 시험에서 0점까지 맞았으니까요.

아버지도 철봉 할 줄은 몰랐어요. 그러나 땀을 뚝뚝 떨구면서 턱걸이 연습을 견지했어요.

몸집이 뚱뚱한 아버지께서는 처음엔 하나도 겨우 하던 것이 날이 갈수록 턱걸이 수가 늘어났어요.

이때서야 나는 알게 되었어요. 아버지가 나의 체육 때문에 아침마다 나를 데리고 신체 단련 하고 있다는 것을 말이에요. 나는 가슴이 뭉클하고 눈굽에 눈물이 핑 돌았어요. 아, 나의 아버지! 아버지는 정말 훌륭한 분이었어요. 허나 난 입 밖에 그 소리를 내지 않았어요. 아버지가 그토록 근심하고 마음을 썩이는 일을 내 절로 꼭 해내고야 말리라 마음먹었던 거예요.

어느덧 한 학기가 지났어요.

나의 체육 시험 성적도 95점을 따내어 끝내 '3호 학생'의 영예를 쟁취하고야 말았어요.

그날, 학부형 회의에 참가하고 돌아오신 어머니는 내가 좋아하는 귤이랑 사과랑 한 구럭• 사 들고 집 안에 들어서면서 온 집안이 떠들썩하도록 말씀했어요.

"여보! 우리 윤희가 '3호 학생'이 되었어요! '3호 학생'이 되었단 말이에요!"

"그 소리를 들으니 내 고협압 병도 다 떨어진 것 같구만. 허허허!"

• 달리다 나니 | 달리다 보니.
• 구럭 | 줄, 끈, 새끼 들로 그물처럼 떠서 무엇을 넣게 만든 물건.

아버지의 기꺼운 웃음소리였어요.

"에그, 내가 뭐 진정 속은 줄 아세요? 알면서도 시치미를 땠지. 병원에 뒷조사는 몇 번 갔다 왔다고……."

말은 이렇게 하면서도 어머니의 얼굴엔 웃음이 가실 줄 몰랐어요.

"허허허……."

아버지는 웃기만 했어요.

나는 이 시각, 어머니도 진정 고맙게 느껴졌어요. 아버지처럼!

《뽈귀신 아버지》(산하, 1995)

정영석

중국 연변에서 활동한 작가로, 시와 동화를 주로 썼습니다. 그러나 오래전에 문필 활동을 그만두었습니다.

:: 내용 되새기기

1 '나'는 왜 3호 학생이 되지 못했나요?

2 아버지는 왜 동맥경화에 걸렸다고 말했나요?

3 아버지와 '나'는 어떻게 운동을 했나요?

:: 생각해 보기

1 아버지의 따뜻한 사랑을 느낄 수 있는 행동은 무엇인가요?

2 가족 간의 사랑이 소중한 까닭을 생각해 보세요.

더 읽어 보기

연변 동화 모음집 《뽈귀신 아버지》에 실린 다른 동화들 – 김충묵의 〈박쥐의 재간〉, 윤정석의 〈자전거 방울〉, 렴광현의 〈다람쥐의 후회〉

소년 스파이

알퐁스 도데

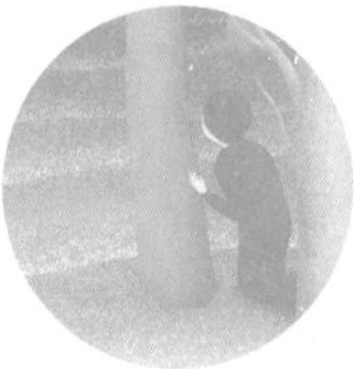

스텐느는 고개를 푹 숙인 채 그 뒤를 따라갔다. 무서운 눈초리로 쏘아보던 그 프러시아 병사의 곁을 지날 때, 슬픈 어조로 말하는 그의 목소리가 들렸다.

"나쁜 짓이야, 그건 나쁜 짓이야."

스텐느의 눈에서는 눈물이 흘러내렸다.

그는 스텐느, 꼬마 스텐느라고 불렸다. 파리 태생의 그 소년은 몸이 약하고 얼굴빛이 창백했다. 열 살, 아니 열다섯 살 정도 되었을까? 이런 아이들의 나이는 정확하게 알 수가 없다.

소년의 어머니는 죽었다. 해군 병사 출신인 아버지는 탕풀 가(街)에 있는 작은 공원의 공원지기였다. 파리 사람이라면 모두가—아기들, 하녀들, 접는 의자를 가진 노부인, 가난한 어머니들, 자동차를 피해 보도로 둘러싸인 이 화단으로 종종걸음 치는 사람들—스텐느의 아버지를 알고 있었고, 또 그를 좋아했다.

주인 없는 개와 부랑자들에게는 두려움의 대상이 된 그의 콧수염 아래 어머니의 사랑을 연상시키는 다정한 미소가 감춰져 있다는 것과 그 미소를 보기 위해서는 다만 이렇게 묻기만 하면 된다는 것을 사람들은 다 알고 있었다.

"아드님은 잘 있습니까?"

스텐느의 아버지는 그만큼 아들을 무척 사랑했다.

저녁 무렵, 학교 공부를 끝마친 아이가 그를 만나러 와서, 두 사람이 공원의 오솔길을 걸으며 아는 사람들에게 인사를 하기 위해 벤치마다 멈춰 서고 또 그들의 답례를 받을 때면 그는 얼마나 행복했는지 모른다.

그러나 포위가 된 이후로는 모든 것이 달라졌다.

스텐느 아버지의 공원은 석유 저장소로 변했다. 딱하게도 그는 쉴 틈 없이 감시를 해야만 했고, 또 황폐하고 혼잡한 가운데 담배도 피우지 못한 채 혼자 지새면서 늦은 밤 집에 가서야 가까스로 아들의 얼굴을 볼 수 있었다.

프러시아 인에 대해 얘기할 때 그의 콧수염은 분노로 떨렸다. 하지만 소년 스텐느에게는 이 새로운 생활이 별로 불만스럽지 않았다.

포위! 그것은 개구쟁이 아이들에게는 좋은 일이었다. 학교에 가지 않아도 되고 보충수업도 없다. 늘 방학이고 거리는 장터처럼 북적댄다.

소년은 저녁 늦도록 밖에서 돌아다녔다. 그는 진지를 옮기는 부대를 따라다니고, 특히 악대 소리가 좋은 부대를 골라 쫓아다녔다. 그런 일에 관한 한 소년은 누구보다 잘 알고 있었다. 96대대의 군악대는 신통치 않고, 55대대에는 훌륭한 군악대가 있다고 자신 있게 말했다. 때로는 기동부대의 훈련 모습을 구경하기도 했다. 가스 등불도 없는 어두컴컴한 겨울날 새벽, 스텐느는 바구니를 들고 고깃간이나 빵집 앞에 늘어선 사람들 틈에 끼여 있곤 했다. 사람들은 그런 데서 진흙탕에 발을 빠뜨린 채 서로 낯을 익히고 정치에 관한 정보를 주고받았으며, 소년에게도 의견을 물었다.

다른 어떤 일보다 재미있었던 것은 팽이 게임이었다. 팽이를 쓰러뜨리는 그 유명한 게임은 브르타뉴의 기동부대가 포위 중에 유행시킨 것이었다.

특히 그의 관심을 끈 것은 5프랑짜리 은화만을 거는 푸른 바지에 키가 큰 소년이었다. 그 소년이 뛰면 바지 속에서 짤랑거리는 은화 소리가 들렸다.

어느 날, 꼬마 스텐느의 발밑까지 굴러 온 은화를 주우며 그 소년이 나지막하게 말했다.

“이 돈 갖고 싶지 않니? 네가 원한다면 어디서 생겼는지 가르쳐 주지.”

게임이 끝난 후, 푸른 바지의 소년은 꼬마 스텐느를 광장 한구석으로 데리고 갔다. 그는 프러시아 인에게 신문을 팔러 가자고 말했다. 한 번 가면 30프랑은 문제 없이 번다는 것이었다. 꼬마 스텐느는 처음엔 화를 내며 고개를 저었다.

그 후 사흘 동안은 게임을 보러 가지 않았다. 정말 괴로운 사흘이었다. 제대로 먹을 수도 없고 잠도 잘 수 없었다. 밤마다 침대 밑에 게임 코르크*가 눈부신 빛을 내며 탁자 위에 늘어선 꿈을 꾸었다. 참으로 견디기 힘든 유혹이었다.

나흘째 되는 날, 꼬마 스텐느는 다시 샤토 도 광장으로 갔다. 그리고 그 키 큰 소년을 만났다.

눈 내린 날 새벽, 두 소년은 자루 하나씩을 어깨에 멘 채 작업복 밑에 신문을 감추고 집을 나섰다. 플랑드르에 이르렀을 때 겨우 날이 밝았다. 키 큰 소년은 스텐느의 손을 잡고 빨간 코에 순해 보이는 보초에게 다가가 처량한 목소리로 말했다.

* 코르크 | 코르크 나무의 겉껍질과 속껍질 사이의 두껍고 탄력 있는 부분, 또는 그것을 잘게 잘라 가공한 것.

"좀 지나가게 해 주세요, 아저씨……. 어머니는 병들어 누워 계시고 아버지는 돌아가셨어요. 동생과 함께 감자나 주워다 끼니를 때우려고 가는 길이었어요."

그는 눈물까지 흘렸다. 스텐느는 수치스러운 생각에 잠자코 고개를 숙였다. 보초는 잠깐 그들을 바라보다가 인적 없는 새하얀 길 쪽으로 시선을 돌렸다. "얼른 지나가." 그리고 보초는 아이들의 뒤에서 멀어져 갔다.

두 소년은 재빨리 오베르빌리에로 가는 길로 접어들었다. 키 큰 소년은 웃고 있었다.

군데군데 보초가 서 있었고, 두꺼운 외투 차림의 사관은 쌍안경으로 먼 곳을 바라보고 있었다. 그리고 불길이 거의 사그라진 모닥불 앞에 눈에 젖은 텐트가 있었다.

길을 훤히 아는 듯 키 큰 소년은 초소를 피해 밭을 가로질렀다. 그러나 의용군 보초 중대만은 피해 갈 수가 없었다. 짧은 우의 차림의 의용병들은 스와송 철도 연변을 따라 물이 가득 고인 웅덩이에 웅크리고 있었다.

키 큰 소년은 먼저와 같은 얘기를 되풀이했다. 하지만 그들은 호락호락 두 소년을 통과시키려 하지 않았다.

키 큰 소년이 계속 애원하고 있을 때였다. 경비병 초소에서 희끗희끗 센 머리에 주름살이 많은 스텐느 아버지 또래의 늙은 하사관이 나왔다.

"자, 애들아, 그만 울어라. 감자를 줍도록 해 줄 테니까. 하지만 그러기 전에 안에 들어가 몸을 좀 녹이고 가거라. 이 꼬마는 꽁꽁 언 것 같은데."

꼬마 스텐느가 떨고 있는 것은 추위 때문이 아니었다. 두려움과 수치가 소년을 떨게 만들었다. 그들은 초소 안에서 몇 명의 병사를 만났다. 병사들은 거의 꺼져 가는 약한 불을 둘러싸고 앉아 총검 끝에 비스킷을 꽂아 굽고 있었다.

"이봐." 하사관은 기쁜 표정으로 병사들에게 말했다.

"오늘 밤 전투가 있을 거야. 프러시아 군의 암호를 입수했거든. 이번에야말로 반드시 그 부르제를 되찾고 말 거야."

병사들 사이에서 환호성과 웃음소리가 터져 나왔다. 그들은 곧 춤추고 노래하며 총검을 번쩍번쩍 빛이 나도록 닦기 시작했다. 그 소란을 틈타 두 소년은 그곳을 빠져나왔다.

"그냥 되돌아가자, 거기 가지 말고."

꼬마 스텐느가 키 큰 소년에게 말했다.

그러나 키 큰 소년은 못 들은 체 어깨를 으쓱하고는 계속 앞으로 나아갔다.

그때 갑자기 총알을 장전하는 소리가 들려왔다.

"빨리 엎드려!"

키 큰 소년이 땅바닥에 납작 엎드리며 소리쳤다. 그리고 그는 휘파람을 불었다. 눈 속에서 다른 휘파람 소리가 응답했다. 두 소년은 기어서 앞으로 나아갔다.

얼마 후, 더러운 베레모를 쓴 누런 콧수염의 사나이가 참호 속에서 불쑥 나타났다. 키 큰 소년은 그 프러시아 병사 곁으로 뛰어내렸다.

"제 동생이에요."

그가 스텐느를 손가락질하며 말했다.

스텐느가 너무 작아서 프러시아 병사는 웃음을 터뜨렸다. 그는 스텐느를 참호 구멍까지 끌어올리려고 번쩍 안았다.

꼬마 스텐느의 맞은편에 외따로 떨어져 있는 한 사관이 보였다. 그는 다른 사람에 비해 나이가 많고 점잖아 보였는데, 책을 읽고 있었다. 아니, 책을 읽는 체하고 있었다. 그의 시선은 소년들에게서 떠나지 않았다. 그 시선에는 사랑과 비난이 한데 섞여 있었다. 아마 고향에 스텐느와 비슷한 나이의 아들이 있는 모양이었다.

"만일 내 아들이 이런 짓을 한다면, 차라리 내가 죽는 게 낫지."

그가 중얼거렸다. 그 순간부터 스텐느는 자기 가슴을 어떤 손이 내리누르며 심장이 뛰는 것을 막는 듯한 느낌이 들었다.

마침내 키 큰 소년의 목소리가 은근해졌다. 사관들은 지금까지와는 달리 신중한 표정으로 몸을 기울였다. 그 비열한 녀석은 의용군의 공격을 적에게 알려 주고 있었던 것이다.

그 사실을 깨달은 순간, 스텐느는 마치 술이 확 깨는 느낌이었다. 그는 자리에서 벌떡 일어나며 소리쳤다.

"안 돼, 그러면 안 돼!"

하지만 키 큰 소년은 들은 체도 하지 않고 웃으면서 이야기를 계속했다. 미처 그의 얘기가 끝나기도 전에 사관들은 모두 일어났다. 그중 한 사람이 문을 손가락질하며 아이들에게 소리쳤다.

"그만 돌아가, 돌아가란 말이다!"

그리고 그들은 독일어로 아주 빠르게 얘기하기 시작했다. 키 큰 소년은 은화를 쩔렁내며 총독이라도 된 것처럼 으스대며 밖으로 나왔다. 스텐느는 고개를 푹 숙인 채 그 뒤를 따라갔다. 무서운 눈초리로 쏘아보던 그 프러시아 병사의 곁을 지날 때, 슬픈 어조로 말하는 그의 목소리가 들렸다.

"나쁜 짓이야, 그건 나쁜 짓이야."

스텐느의 눈에서는 눈물이 흘러내렸다.

다시 들판으로 나온 두 소년은 힘껏 달렸다. 그들의 자루 속에는 프러시아 인이 준 감자가 잔뜩 들어 있었다. 그 감자 때문에 그들은 의용군의 참호•를 의심받지 않고 통과할 수 있었다. 의용군들은 야간공격 준비를 하고 있었다.

여러 부대가 속속 도착하며 벽 뒤에 모여 있었다.

늙은 하사관은 여전히 즐거운 표정으로 부하들의 배치에 열심이었다. 소년들이 지나가자, 그는 부드러운 미소를 지어 보였다. 아, 그 미소가 꼬마 스텐느의 마음을 얼마나 아프게 했는지 모른다. 그 순간, 스텐느는 이렇게 소리치고 싶었다.

"가시면 안 돼요! 우린 아저씨들을 배반했어요!"

• 참호 | 전쟁에서 몸을 숨기면서 적과 싸우기 위해 방어선을 따라 판 구덩이.

하지만 만일 그런 말을 하면 두 사람 다 총살을 당할 거라던 키 큰 소년의 말이 생각나서 입을 뗄 수가 없었다.

라쿠르뇌브에서 두 소년은 돈을 나누기 위해 빈집으로 들어갔다. 분배는 공평했다. 주머니 속에서 은화가 짤랑거리고, 그 돈으로 팽이 게임을 할 생각을 하니, 꼬마 스텐느는 자신의 죄가 별로 대단치 않은 것으로 여겨졌다.

하지만 성문을 지나 키 큰 소년과 헤어져 혼자가 되었을 때, 가엾게도 이 꼬마는 주머니가 이상하게 무거워지는 것 같았다. 그리고 가슴을 내리누르던 손은 지금까지보다 더 강한 힘으로 심장을 죄어 왔다. 수레바퀴 소리, 운하를 따라 흘러가는 고수의 북소리에 섞여 '스파이'라는 말이 들려오는 듯했다.

이윽고 그는 집에 도착했다. 아버지가 아직 돌아오지 않은 것을 다행스럽게 생각하며 그는 재빨리 침실로 올라가서 그 이상하게 무거웠던 돈을 베개 밑에 감췄다.

그날 밤 집에 돌아온 아버지는 다른 어느 때보다 기분이 좋고 유쾌했다. 지방 소식을 들었는데 전세가 유리한 쪽으로 풀려 간다는 것이었다. 지난날의 해병 용사인 아버지는 식사를 하면서 벽에 걸어 둔 총을 바라보았다. 그리고 미소 띤 얼굴로 아들에게 말했다.

"스텐느, 네가 컸다면 프러시아 놈들을 혼내 주러 갔을 텐데!"

여덟 시쯤 되었을 때 대포 소리가 들려왔다.

"오베르빌리에가 분명해. 부르제에서 전투 중일 거야."

요새에 대해 잘 알고 있는 아버지가 말했다.

끊이지 않고 대포 소리가 들려왔다. 의용병이 어둠을 이용하여 프러시아 군을 습격하러 갔다가 복병에게 쓰러지는 모습이 눈앞에 떠올랐다. 그리고 자기에게 미소를 보내 준 늙은 하사관의 얼굴도 떠올랐다. 그 하사관이 눈밭에 쓰러져 있는 모습이 보이는 것 같았다.

나 때문에 많은 병사들이……. 그 피의 값이 여기 이 베개 밑에 감춰져 있다. 스텐느 씨의 아들, 병사의 아들인 내가…….

꼬마 스텐느는 터져 나오는 울음을 참을 수가 없었다.

"아니, 너 무슨 일이냐?"

아버지가 물었다.

소년은 더 이상 참지 못하고 침대에서 뛰어내렸다. 그리고 아버지의 발밑에 몸을 던졌다. 그 바람에 은화들이 침대에서 굴러 떨어졌다.

"이게 웬 돈이냐? 훔친 거냐?"

아버지가 깜짝 놀라 몸을 떨며 물었다.

꼬마 스텐느는 프러시아 군 진영에 갔던 일, 거기서 일어났던 일들을 단숨에 이야기했다. 말을 하다가 보니 조금씩 마음이 편해졌다. 일그러진 표정으로 듣고 있던 아버지는 이야기가 끝나자 두 손으로 얼굴을 가리고 울었다.

"아버지, 아버지……."

소년은 무슨 말인가 하고 싶었다. 그러나 아버지는 아무 대꾸도 하지 않았다. 그리고 소년을 밀쳐 내고 흩어진 돈을 주워 모았다.

"이게 다냐?"

소년은 고개를 끄덕였다.

아버지는 벽에 걸린 총을 내리고 탄약을 꺼냈다. 그런 다음 은화를 주머니에 넣었다.

"내가 이걸 돌려주고 오마!"

그 말을 끝으로 아버지는 뒤도 안 돌아보고 계단을 내려갔다. 그는 출발하고 있는 기동부대에 들어갔다.

그 후로 스텐느 씨의 모습을 본 사람은 아무도 없었다.

《마지막 수업》(지경사, 2008)

알퐁스 도데 Alphonse Daudet

프랑스의 소설가이자 극작가입니다. 1840년에 남부 프로방스 지방에서 태어나 고향의 풍토와 서정이 담긴 〈별〉, 〈마지막 수업〉 등이 실린 단편집 《풍차방앗간 편지》, 《월요이야기》 등을 펴냈습니다.

:: 내용 되새기기

1 꼬마 스텐느 아버지의 직업은 무엇이었나요?

2 꼬마 스텐느는 왜 푸른 비지의 소년을 따라갔나요?

3 푸른 바지의 소년은 프러시아 군에게 어떤 대가로 은화를 받았나요?

4 꼬마 스텐느의 잘못을 책임진 사람은 누구인가요?

:: 생각해 보기

1 꼬마 스텐느와 푸른 바지 소년의 행동은 얼마나 위험한 일인가요?

2 꼬마 스텐느의 아버지는 왜 돌아오지 못했는지 상상해 보세요.

더 읽어 보기

알퐁스 도데가 쓴 유명한 단편소설 – 〈마지막 수업〉, 〈별〉, 〈아를르의 여인〉

눈보라
속의 소녀
헬렌 그레이엄 레자토

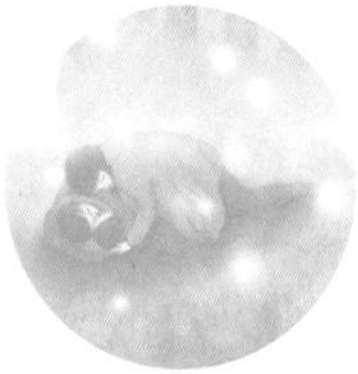

"명심해라, 자면 안 돼. 혹시 누나가 자더라도 말이야. 아무리 졸려도 안 자겠다고 약속할 수 있겠지? 서로 못 자게 지켜 줘야 한다! 내 말 알겠어?"

그들은 약속을 했다.

3월 15일 아침은 쾌적하고 맑은 날씨였다. 노스 다코타 주의 센터 마을 근교에 사는 농부 윌리엄 마이너 씨는 그 기분 좋은 아침에 일찌감치 일을 끝냈다. 얼었던 땅이 녹기 시작하고, 쌓였던 눈도 녹아 여기저기에 잔설이 남아 있을 뿐이었다.

"오늘 밤만 자고 나면 눈이 다 녹아 버리겠는걸."

정오에 집에 들어오면서 그는 아내를 보고 명랑한 목소리로 말했다. 부부는 느긋하게 점심 식사를 마친 후, 이런저런 얘기를 나누며 커피를 마셨다. 모처럼만의 한가로운 오후였다. 그때 문득 부엌 창문을 내다본 마이너 씨는 자기도 모르게 소리를 질렀다.

"아이구! 저것 좀 봐!"

북서쪽 수평선 위로 시꺼먼 구름이 뭉게뭉게 피어오르고 있었다. 그 구름은 불과 몇 분 후에 닥칠 자기 운명도 모른 채 빛나고 있는 태양을 향해 은밀하고도 빠른 속도로 검은 자락을 펴고 있었다.

블렌취 마이너 부인도 농사꾼의 직감으로 그것이 무엇인지를 알 수 있었다.

"봄폭풍이에요!"

그들은 우두커니 앉아서 형체도 얼굴도 없는 그 괴물이 가까이 다가오고 있는 것을 보고 있었다. 마이너 씨가 벌떡 일어서며 말했다.

"당신은 가축들을 우리에 넣어요. 난 학교에 가서 애들을 데려와야겠어. 날씨가 심상치 않아."

마이너 씨는 옷을 단단히 껴입고 담요와 아이들 옷가지를 챙긴 다음, 자신의 말 중에서 가장 튼튼한 키트에게 안장을 채우고 집에서 4킬로미터 정도 떨어져 있는 학교를 향해 떠났다. 길은 눈이 녹아서 질척질척했다. 벌써 그 괴물은 잔뜩 부풀어 올라서 금방이라도 태양을 덮어 버릴 기세였다. 온 세상이 숨을 죽이고 두려움에 떠는 듯했다. 이윽고 앞이 안 보일 정도의 눈보라가 말과 사람을 강타하기 시작했다.

마이너 씨는 가까스로 학교 마구간에 도착해서는 놀라서 펄쩍펄쩍 뛰는 다른 말들 사이에 키트를 매어 놓고 교실로 달려갔다. 선생님과 학생들은 공부에 열중하고 있는 체했지만 사실은 창밖의 날씨에 온 신경이 쏠려 있었다. 많은 아이들이 자신의 말과 썰매를 학교 마구간에 매어 두고는 있었지만, 이렇게 궂은 날씨에 부모의 도움 없이 혼자 집에 돌아간다는 것은 엄두도 못 낼 일이었다.

"어머, 아빠!"

올해 열다섯 살인 큰딸 헤이즐 마이너가 반갑게 소리쳤다. 헤이즐은 열한 살 난 남동생 에메트와 여덟 살 먹은 여동생 미르디트를 돌아보며 말했다.

"내가 그랬지? 우리끼리 늙은 모드(말 이름)를 몰아서 집에 갈 수 있다는 걸 못 믿는 어떤 어른이 계실 거라고."

아버지는 그 말에 빙그레 웃더니 이내 정색을 했다.

"어서 서둘러라! 외투를 입어. 여기 목도리도 더 가져왔다."

헤이즐은 쪼그리고 앉아서 여동생의 털장화 끈을 단단히 묶어 주며 남동생에게 말했다.

"역사책 챙기는 거 잊지 마."

헤이즐은 정말 듬직한 애라고 마이너 씨는 생각했다. 그 애는 기대했던 것보다 훨씬 더 어른스럽게 행동했다.

마이너 씨는 미르디트를 냉큼 안아 들고는 밖으로 나와, 자신이 집에서 캔버스 천으로 둥글게 지붕을 대어 만든 썰매 있는 데로 가서, 밑의 두 아이를 짚을 깐 바닥에 앉힌 다음 두꺼운 담요 두 장과 낡은 털외투로 단단히 여며 주었다. 헤이즐은 아버지가 모드를 썰매에 매는 동안 마부석에 앉았다. 무섭게 으르렁거리는 바람 소리를 뚫고 아버지의 목소리가 들려왔다.

"여기 꼼짝 말고 있거라! 키트를 데려온 다음 아빠가 앞장을 서야 하니까!"

모드는 집 방향인 북쪽 교문을 향해 서 있었다. 원래 그 늙은 암말은 항상 얌전하고 말도 잘 들었다. 그러나 이번엔 사정이 달랐다. 갑작스런 천둥소리에 깜짝 놀라 펄쩍 뛰더니 방향을 바꿔 남쪽 문을 향해 달리기 시작했다. 순간적인 움직임에 몸의 균형을 잃은 헤이즐은 지척을 분간할 수 없이 쏟아지는 눈보라 속에서 앞을 볼 수가 없었고, 따라서 모드가 전혀 엉뚱한 방향으로 가고 있다는 사실을 알아챌 수도 없었다. 그녀는 놀라서 눈을 둥그렇게 뜨고 있는 동생들에게 소리쳤다.

"걱정하지 마! 우리는 아빠보다 일찍 집에 도착할 거야! 모드가 길을 잘 알잖아."

말은 어디론가 쉬지 않고 달리고 있었지만, 썰매에 매어진 가죽끈 밑으로 고삐가 들어가 버렸기 때문에 고삐를 놓친 헤이즐은 말을 조종할 수가 없었다. 그러니 속수무책으로 말이 달리는 대로 내버려 둘 수밖에 없었다. 한참을 미친 듯이 달리던 모드가 서서히 속도를 떨어뜨리더니 마침내 앞발을 한 번 높이 올렸다 내리며 그 자리에 멈추어 섰다.

에메트가 소리쳤다.

"집에 다 왔어? 우리가 아빠를 이긴 거야?"

헤이즐은 썰매에서 내려 사방을 둘러보았다. 도대체 어디가 어딘가 알 수가 없었다. 세상이 온통 하얀 거품을 일으키며 달려드는 바다처럼 금방이라도 자신들을 삼켜 버릴 것만 같았다. 헤이즐은 고삐를 거머쥔 다음 숨을 헐떡이며 힘겹게 마부석으로 기어 올라왔다.

"아니야. 아직 집에는 다 못 왔어. 하지만 거의 다 온 것 같아. 이제 모드가 얌전해졌으니까 길을 잘 찾아갈 거야."

모드는 이제서야 자신의 잘못을 후회하는지 힘없이 터벅터벅 걸어가기 시작했다. 그러나 모드의 잘못은 아직 끝난 게 아니었다. 해빙기를 맞아 위에만 살짝 얼음이 덮여 있는 웅덩이를 새로 쌓인 눈 때문에 땅인 줄 알고 그만 밟아 버린 것이다. 말이 웅덩이에 빠지며 썰매가 기우뚱하는 순간, 가죽끈이 풀리면서 웅덩이 속으로 들어가 버렸다. 헤이즐은 장갑을 벗고 썰매에서 내려와 얼음같이 차디찬 웅덩이 속에 들어가서는 맨손으로 물속을 더듬어 가며 가죽끈을 찾아야 했다. 한참만에 가죽끈을 찾은 헤이즐은 그것을 말에 다시 동여맨 후, 가까스로 말을 웅덩이 밖으로 끌고 나올 수 있었다. 그렇지만 허리 아래로 흠뻑 젖은 옷은 점점 얼어붙어서 잠깐 사이에 무거운 갑옷을 걸친 것처럼 되어 버렸다.

그때 근처의 눈 속에 묻혀 있는 울타리 기둥의 윗부분이 그녀의 눈에 띄었다. 헤이즐은 철조망이 나타날 때까지 눈을 파냈다. 그 울타리가 근처의 농가로 안내할 길잡이가 되어 줄 것이다. 그것은 자신들의 안전에 대한 약속이기도 했다.

에메트가 궁금한 얼굴로 썰매 밖으로 나왔다. 둘은 힘을 합해서 모드의 얼굴에 붙어 있는 수정 같은 얼음 조각을 떼어 내었다. 그들은 모드의 재갈을 잡아당겨서 울타리가 있는 방향으로 향하도록 애를 썼지만, 그 방향으로는 눈보라가 하도 심해서 말은 엉뚱한 곳으로 벗어나 버렸다. 에메트와 헤이즐은 제 방향으로 돌아가기 위해 한 손으로는 모드를 잡고 또 다른 한 손으로는 철조망이 됐든 잡아 보려고 필사적으로 애를 썼다. 그러나 어느 것 하나도 손에 잡힐 정도로는 울타리에 접근할 수가 없었다.(사실, 근처 농가의 문은 거대한 눈더미에 파묻혀 보이진 않았지만 그곳에서 겨우 60미터밖에 떨어지지 않은 곳도 있었다.)

너무 지친 탓도 있었지만, 더욱 극성스러운 눈보라 때문에 숨쉬기조차 힘들어진 두 아이는 잠시 썰매 안으로 피해야만 했다.

그러자 모드는 다시 제멋대로 전진하기 시작했다. 그러다가 이번에는 눈 속에 감추어진 장애물에 걸려서 썰매가 기우뚱거리며 옆으로 넘어져 아이들은 캔버스 천 위로 나뒹그러졌다.

헤이즐과 에메트는 다시 밖으로 나왔다. 그들은 썰매를 밀어도 보고 끌어올려도 보고 잡아당겨도 보았으나 썰매는 눈 속에 콱 처박힌 채 꿈쩍도 하지 않았다.

하늘을 뒤덮은 먹구름 때문에 세상이 온통 어두워져 있었다. 적막하고 무시무시한 어둠 속에 서서 헤이즐은 생각했다.

'자, 이젠 내가 생각을 잘 해야 돼. 내가 여기선 나이가 가장 많잖아? 그러니까 모든 게 나한테 달려 있어.'

그녀는 엉금엉금 기어서 캔버스 덮개 안으로 들어왔다.

"얘들아, 우린 지금 작은 동굴 속에 들어 있는 거야. 우리 함께 이곳을 멋지고 아늑하게 꾸미자꾸나."

썰매가 옆으로 기울어졌기 때문에 좁은 마룻바닥이 야트막한 벽이 되고, 캔버스 지붕은 끝쪽이 열린 터널 같은 텐트가 되어 주었다. 어둠 속에서 헤이즐은 담요와 털외투를 찾아냈다. 이제는 곱아서 잘 펴지지도 않는 손으로 담요를 펴서 바닥의 캔버스 천 위에 깔았다. 그러고는 에메트와 미르디트를 담요 위에 누인 다음 서로 꼭 끌어안도록 했다.

열려 있는 구멍으로 바람이 세차게 불어닥쳤다. 헤이즐은 털외투를 집어 들고 열린 구멍에 임시로 휘장을 쳐서 바람을 막으려고 했다. 그러나 털외투는 겨우 구멍을 막았나 싶으면 번번이 바람에 날려 떨어져 버렸다. 마침내 그녀는 바람막이 만드는 것을 포기하고 그 대신 털외투로 동생들을 감싸 주었다.

바람은 계속해서 사납게 불어 댔고 풍선처럼 부풀어 오른 캔버스 천은 얼마 안 가 갈갈이 찢어지고 말았다. 헤이즐은 바람에 펄럭이는 천 조각들을 어렵사리 찢어 낸 다음 쓸 만한 것을 모아 털외투 위에 꼭꼭 여며서 동생들을 덮어 주었다. 그러고는 천 조각들이 날려 가지 못하도록 그 위에 엎드렸다. 이제 세 아이들과 눈보라 사이에는 앙상하게 몰골을 드러낸 나무 판자밖에 없었다.

눈은 끊임없이 내렸다. 불쌍한 세 아이들은 엄청난 자연의 재난에 온 신경이 마비된 채 꼼짝도 하지 않고 누워 있었다.

갑자기 헤이즐이 일어났다.

"에메트! 미르디트!"

그녀가 소리쳤다.

"너희들 절대로 눈을 감아선 안 돼! 내가 백까지 셀게. 거기에 맞춰 달리기 할 때처럼 다리를 들었다 놓았다 해! 시작한다. 하나, 둘, 셋……."

그녀는 밑에서 조그만 팔다리가 움직이는 것을 느낄 수 있었다. 자신도 팔다리를 움직이려고 해 보았다. 그러나 그것은 마음뿐이었고, 사실은 이미 팔다리의 감각이 마비되어서 자신의 시도대로 움직여지고 있는지 어떤지 알 수가 없었다.

"난 지쳤어. 그만하면 안 돼?"

미르디트가 작은 소리로 사정했다.

"안 돼!"

단호한 대답이 가차없이 날아왔다.

"우린 일흔하나까지밖에 안 했어."

백을 셀 때까지 누운 채로 달리기를 하고 나자 이번에는 헤이즐이 다른 명령을 내렸다.

"벙어리장갑 속에서 손가락을 백 번 구부렸다 폈다 해."

에메트가 털외투 위로 머리를 불쑥 내밀었다.

"누나! 이 밑으로 들어와. 여긴 따뜻해."

"안 돼. 난 들어갈 수가 없어."

갑옷처럼 얼어붙은 옷이 아이들한테 닿으면 안 될 것 같았다. 그리고 그것은 훌륭한 바람막이가 되고 있었다.

"그랬다간 털외투랑 천 조각이 바람에 날아가 버릴 거야. 난 그걸 못 날아가게 붙잡고 있어야 해. 게다가 난 별로 안 추운 걸 뭐. 자, 우리 노래하자. 오늘 아침에 수업 시작할 때처럼 말야."

털외투 아래에서 아이들의 가냘픈 목소리가 흘러나왔다. 그것은 바로 그날 아침에 불렀던 노래였다. 그리고 백 년도 더 전부터 불려 왔던 노래이기도 했다.

"과일이 풍성한 평원 위로 위대한 자줏빛 산……."

그들은 4절까지 노래했다.

"우릴 도와 달라고 하느님께 기도하자."

미르디트가 제안했다.

"오늘도 무사히 잠자리에 들게 해 주시고……."

헤이즐이 제지했다.

"아니야. 그 기도는 안 되겠다. 대신 '하느님 아버지'라고 말하자꾸나."

아이들은 엄숙한 목소리로 계속해서 그 말을 되풀이했다.

영원히 계속될 것 같은 밤이 깊어 가는 동안 헤이즐은 아이들에게 운동을 시키고, 이야기를 해 주고, 노래를 부르게 하고, 기도를 시켰다. 그러는 동안에도 그녀는 몇 번이나 일어나서 이제는 거의 뻣뻣하게 굳어 버린 손가락을 구부려 미르디트와 에메트의 다리 주위에 얼어붙은 눈조각들을 두드려 깬 다음 손톱으로 긁어내었다.

그녀는 아이들에게 계속해서 다짐을 받았다.

"명심해라, 자면 안 돼. 혹시 누나가 자더라도 말이야. 아무리 졸려도 안 자겠다고 약속할 수 있겠지? 서로 못 자게 지켜 줘야 한다! 내 말 알겠어?"

그들은 약속을 했다.

몇 번인가 미르디트의 묻는 목소리가 들렸다.

"왜 아빠가 아직 안 오시지?"

윌리엄 마이너 씨는 아이들이 학교 운동장에서 없어져 버린 것을 알았을 때, 제발 모드가 집으로 가 주었으면 하고 비는 마음으로 미친 듯이 키트를 채찍질하여 무섭게 휘몰아치는 눈 폭풍을 헤치고 집으로 달렸다. 그의 아내가 문 앞에 나와 있다가 그를 만났다. 그들은 벼락이라도 맞은 것처럼 꼼짝 않고 서로를 바라보았다.

다음 순간, 그는 뛰어가서 마을의 비상종을 울렸다. 거의 40명이나 되는 사람들이 모여들었다. 그들은 즉시 몇 사람씩 나뉘어 마이너 씨 집과 학교 사이의 들판과 길을 수색하기 시작했다. 그들 역시 목숨을 걸고 하는 일이었다. 농장이 나타나면 잠깐 숨을 돌렸다. 그들은 그곳에서 팀을 교체하고, 동상에 걸리지 않도록 필요한 조치를 하고, 커피를 마시고 새로운 계획을 세우기도 했다.

다른 집 아이들은 모두 다 무사히 자기 집에 있었다. 사람들은 아무것도 발견하지 못했다. 바람은 점점 심해져서 시속 100킬로미터를 넘는 광풍으로 변했고, 기온은 영하로 떨어졌으며 음울한 회색빛 천지에는 칠흑 같은 어둠이 내렸다. 게다가 그 미친 듯한 눈보라는 기세를 꺾을 줄 모르고 날리고 있었다. 사람들은 날이 밝을 때까지 수색을 포기할 수밖에 없었다.

다음 날 아침, 수색자들 중 일부가 학교의 남문 쪽에서 조그만 썰매와 말이 지나간 흔적을 발견했다고 알려 왔다. 그러나 그 흔적은 얼마 안 가서 눈 때문에 끊어져 있었다. 신속하게 수색대가 다시 조직되었다. 썰매를 탄 사람들, 말을 탄 사람들, 그냥 걸어서 가는 사람들, 부채꼴로 대형을 짜서 샅샅이 훑어 나가기 시작했다. 그들은 온통 수의*를 덮어 놓은 것 같은 땅 위를 이리저리 힘겹게 헤매고 다녔다.

마이너 씨네 아이들이 없어진 지 만 하루하고도 한 시간이 지난 수요일 오후 두시, 사람들은 학교에서 남쪽으로 3.2킬로미터 떨어진 목초지에서 어떤 물체를 발견했다. 그것은 뒤집혀진 썰매였다. 그리고 그 옆에는 마치 보초를 서고 있는 것처럼, 유령 같은 말이 미동도 하지 않고……, 그러나 아직은 숨이 붙은 채로 서 있었다.

맨 위의 소녀의 몸은 뻣뻣하게 굳어 있었고, 앞 단추를 풀어 놓아 그 밑의 물체를 넓게 감싸고 있는 그녀의 외투만이 바람에 끝자락을 조금씩 펄럭이며 살아 있는 시늉을 하고 있었다. 생전의 그녀가 그랬던 것처럼, 이미 식어 버린 그녀의 몸은 한껏 팔을 벌려 자신의 남동생과 여동생을 꼭 안은 채로,

'어떤 위험도…… 심지어 죽음조차도…… 안 돼!'

하는 자세를 취하고 있었다. 그리고 외투 아래의 상반신은 아무것도 입지 않은 맨살이었다. 그녀는 젖지 않은 속옷을 벗어 동생들을 덮어 주었던 것이다.

사람들은 조심조심 부드럽게 소녀의 몸을 들어 올렸다. 그리고 그녀가 날려 가지 못하게 자신의 몸으로 누르고 있던 속옷과 찢어진 캔버스 천 조각들과 털외투를 천천히 벗겨 냈다. 그 밑에는 에메트와 미르디트가 손가락을 오무렸다 폈다 하고 있었다. 그들은 좀 멍하고 약간 얼긴 했지만, 살아 있었다.

한 번 잠이 들기만 하면 다시는 깨어날 수 없다는 것을 알고 있

• 수의(壽衣) | 시체에 입히는 옷.

던 헤이즐에게 그들은 절대로 자지 않겠다고 약속했던 것이다.

지금도 올리버 군(郡) 센터 마을 군청 광장 한복판에는 화강암으로 된 기념비가 도전이라도 하듯 우뚝 솟아 있다. 거기에는 이런 글이 새겨져 있다.

헤이즐 마이너를 추모하며
1904년 4월 11일
1920년 3월 16일

고인에게는 찬사를
산 사람에게는 추억을
후세 사람들에게는 감동을.

헤이즐 마이너의 삶과 비극적인 죽음은
올리버 군의 공식 문서에 기록되어 있습니다.
여행자들이여, 그것을 읽어 보시기 바랍니다.

《눈보라》(한솔교육, 2001)

헬렌 그레이엄 레자토 Helen G. Rezatto

미국의 소설가로 〈시골생활〉, 〈비밀클럽〉 등 청소년을 위한 작품을 많이 썼습니다.

:: 내용 되새기기

1 마이너 씨는 왜 아이들을 데리러 학교에 갔나요?

2 모드는 왜 엉뚱한 방향으로 달려갔나요?

3 헤이즐은 동생들을 지키려고 어떤 노력을 했나요?

4 헤이즐은 어떤 모습으로 발견되었나요?

:: 생각해 보기

1 헤이즐이 보여 준 놀랍도록 침착한 행동에 대해 생각해 보세요.

2 희생정신이 갖는 위대한 힘에 대해 생각해 보세요.

더 읽어 보기

헬렌 그레이엄 레자토가 쓴 감동적인 단편소설 – 〈불 켜진 창〉

빈칸의 비밀

파멜라 헤넬

"윌리엄슨 사장님, 그 빈칸이 도대체 어떻게 해서 실리게 된 건지 사람들한테 얘기해야겠어요. 사람들이 사장님에 대해서 미쳤다느니 하고 수군덕거리는 걸 더 이상 못 듣겠어요. 그건 정말 부당하다구요!"
텍스는 그 말에 싱글싱글 웃었다.

내가 살고 있던 작은 마을에는 마을의 동정•을 전해 주는 주간신문이 있었다. 그런데 텍스 윌리엄슨 씨가 발행하는 그 주간지의 칼럼이 수년 동안에 걸쳐 가끔씩 빈칸으로 실리는 이유에 대해 제대로 알고 있는 사람은 한 사람도 없었다. 그래서 사람들 사이에는 구구한 억측•이 떠돌았고, 윌리엄슨 씨를 괴짜라고 생각하는 사람이 많았다. 그런가 하면 또 다른 사람들, 예를 들어 우리 할아버지 같은 분은 그가 그러는 데에는 그럴 만한 이유가 있을 거라고 말씀하셨다.

마을 사람들은 모두 윌리엄슨 씨를 좋아했다. 그는 키가 작고 귀가 유난히 컸으며, 좀 수다스럽고 마음씨 좋은 사람으로서 항상 요정처럼 장난스러운 웃음이 얼굴을 떠나지 않는 사람이었다. 미국 중서부에 있는 큰 신문사에서 40년 동안 열심히 일한 끝에 65세가 될 무렵에 그는 자신이 평생 동안 꿈꾸어 오던 작은 마을의 주간 신문사를 사서 운영하는 일을 할 수 있을 만큼 돈을 모으게 되었다. 그는 자신의 오랜 친구인 월트 네살에게 타자와 인쇄를 맡도록 하고, 나머지 일은 자신이 모두 도맡아서 신문사를 운영하였다. 편집자 겸 신문 발행인으로서.

텍스가 신문을 발행하기 시작한 지 2년째 되던 해부터 종종 그 주간지의 제2면에 있는 칼럼난이 인쇄가 되지 않은 빈칸으로 실

• 동정 | 일이나 현상이 벌어지고 있는 낌새.
• 억측 | 이유와 근거가 없는 짐작.

리기 시작했다. 그 빈칸은 보통 1년에 두 번 정도 나타났는데, 그 중 한 번은 제1면에 실린 적도 있었다.

이를 궁금히 여긴 마을 사람들이 시간 있을 때마다 그를 붙잡고 이유를 캐물었지만, 누구도 만족할 만한 대답을 듣지는 못하였다. 텍스는 그때마다 짤막하게 똑같은 반문을 하곤 했다.

"편집장이 신문을 편집할 때 모든 난을 반드시 꽉꽉 채워야 한다는 법이라도 있소?"

다섯 번째로 빈칸의 칼럼이 실린 다음 날, 월트 네살은 처음으로 이 이상스러운 칼럼을 싣게 된 배경에는 무엇인가가 있다는 증거를 잡아냈다. 그가 텍스와 단둘이서 잔뜩 어질러져 있는 작은 사무실에 있는데 곤잘레스라는 남자가 들어왔다. 그는 건장하게 생긴 젊은 노동자로, 가난하지만 행복하게 살아가는 대가족을 거느린 가장이었다. 씩씩거리며 들어오는 품이 방금 전에 싸움을 한판 벌이고 온 것 같았다.

"맥주 한잔 하려고 바니네 술집에 들렀었지요."

곤잘레스가 말했다.

"그런데 거기서 몇 사람이 어울려서 어제 신문에 빈 칼럼 얘기를 하면서 사장님 흉을 보고 있더라고요."

그는 마치 간청하듯이 텍스의 책상 위로 몸을 구부렸다.

"윌리엄슨 사장님, 그 빈칸이 도대체 어떻게 해서 실리게 된 건지 사람들한테 얘기해야겠어요. 사람들이 사장님에 대해서 미쳤다느니 하고 수군덕거리는 걸 더 이상 못 듣겠어요. 그건 정말 부당하다구요!"

텍스는 그 말에 싱글싱글 웃었다.

"마을 사람들이 나를 어떻게 생각하든 난 상관없네. 나만 미치지 않았으면 그만이지."

그러고 나서 그는 곧 정색을 했다.

"자네하고 나, 그리고 몇몇 사람들이 그 이유를 알고 있어. 우린 비밀을 지켜야 해. 자네, 누구한테도 얘기하지 말게."

그로부터 몇 달이 지난 후, 이번에는 마을의 젊은 의사 마쉬 박사가 텍스를 적극적으로 옹호하게 되었다. 자신이 곧 죽을 것으로 믿고 있던 한 환자가 마쉬 박사에게 텍스가 빈 칼럼을 싣는 이유에 대해 얘기를 한 것이다. 의사는 환자에게서 들은 사실을 누설하는 대신, 그때부터 누가 텍스 얘기를 할라치면 번번이 이렇게 말하곤 했다.

"만일 텍스가 미친 거라면, 우리도 그렇게 미쳤으면 좋겠소."

영원히 풀리지 않을 것 같았던 그 빈칸의 수수께끼는 한 수다스런 여인이 '텍스가 사람들에게 불리한 기사를 구실로 돈을 받고 있다'는 소문을 퍼뜨리자 해결의 실마리가 풀리기 시작했다. 그녀의 말에 의하면, 그가 사람들의 수치스런 기사를 신문 제작 최후의 순간까지 빈칸으로 남겨서 협박 수단으로 사용한다는 것이었다. 나의 할아버지는 그 소문을 듣고 몹시 화가 나서 텍스의 사무실로 쳐들어갔다.

"그래, 나도 그 소문을 들었다오."

텍스는 조용히 말했다.

"내가 어떤 사람인지 아는 사람 중에는 그 말을 믿을 사람이 한 사람도 없을 거요. 사실, 나는 빈 칼럼 때문에 이렇게 큰 소란이 일어나리라고는 생각도 못 했소. 난 그저 조그만 나의 계획을 실천한 것뿐이오."

그는 의자에 앉은 채로 허리를 쭉 폈다. 그는 더욱 완고한 표정을 지었다.

"그래도 나는 해명을 하지 않겠소. 내 혼자 입장 때문에 여러 착한 사람들에게 해를 끼치고 싶지 않소."

소문은 꼬리를 물고 퍼져 나갔고, 텍스는 점점 외톨이가 되어갔다. 항상 입가에 머물러 있던 사람 좋은 미소도 사라져 갔고, 그의 인생에서 우정이라는 밝은 단어는 사라져 버린 듯이 보였다. 그때 피트 무비 노인이 그 이야기를 들었다.

그는 자기 아내 몰리의 죽음에 너무 상심한 나머지, 외부와의 접촉을 일체 끊고 지냈기 때문에 온 동네 사람들이 다 알고 있는 소문을 혼자서만 모르고 있었던 것이다. 그는 어느 날 아침 식료품을 사러 가게에 들어갔다가 한 이웃 사람이 말하는 것을 들었다.

"텍스 그 사람 또 빈 칼럼을 냈어. 이번엔 얼마나 받았을까?"

빵과 버터 값을 치르고 있던 피트가 눈이 휘둥그레져서 따져 물었다.

"텍스가 돈을 받다니 그게 무슨 소린가?"

이웃 남자가 웃으며 말했다.

"빈 칼럼으로 누군가를 협박하는 거지 뭡니까. 여태 그것도 모르셨어요?"

그러자 가게 안에 앉아 있던 모든 사람이 깜짝 놀랄 만큼 큰 소리가 노인의 입에서 터져 나왔다.

"사네 미쳤나? 텍스가 누굴 협박해? 그 사람은 자기 신문에서 기사를 빼 주는 조건으로 한 번도 돈을 받은 적이 없어!"

노인은 몹시 화를 냈다.

"그 사람은 위대한 사람이야. 정말 고귀한 마음으로 그 일을 하는 거라구. 난 알지. 왜냐하면 내가 바로 그 빈 칼럼 주인공의 하나이니까."

피트 노인이 그 이야기를 털어놓는 데에는 상당한 용기가 필요했으리라. 그러나 노인은 주저하지 않았다. 자신의 명예보다 텍스의 명예가 중요하다고 생각했던 것이다.

4년 전, 피트 노인이 칠십 세가 되었을 때였다. 그는 얼마 안 있으면 자신의 일을 젊은 사람에게 넘겨주어야 할 것이라는 사실을 알고 있었다. 그렇게 되면 몰리와 자신이 어떻게 살아가야 할지 막막했다. 시집간 딸이 하나 있었지만 그녀 역시 가난하고 식구도 많았기 때문에 딸네 집에 얹혀살 수도 없는 일이었다. 게다가 어렵게 사는 딸을 수년 동안 도와주다 보니, 피트 노인은 저축 한 푼 할 수 없었다.

그는 규모가 큰 연장 제조 회사의 자재과에서 일하고 있었다.

어느 날, 그는 자신의 처량하고 막막한 미래를 한탄한 나머지, 생애 처음으로 부정한 일에 손을 대고 말았다. 그 후 여러 주일에 걸쳐서 그는 수많은 연장을 몰래 내다 팔았다. 그렇게 몇 주일이 지나자 물건이 비는 것을 수상하게 여긴 그 회사 사장 톰 바드가 함정을 만들어 놓고 기다렸다. 거기에 피트 노인이 걸려들었다.

바드 사장이 보안관에게 그 사실을 전화로 신고했을 때 마침 텍스가 뉴스거리가 없나 하고 보안관 사무실에 들른 참이었다. 보안관과 함께 연장 회사로 간 텍스는, 피트 노인이 장래에 대한 불안감 때문에 연장을 훔쳤다고 기어들어 가는 목소리로 변명하는 동안 보안관 뒤에 말없이 앉아서 노인의 말을 받아쓰고 있었다. 노인이 더듬거리며 말을 끝내자, 텍스는 수첩을 밀어 놓고는 자리에서 일어났다.

"피트의 부인은 이 마을에서 누구보다 열심히 봉사 활동을 하고 있소."

텍스는 또렷한 목소리로 말했다.

"몰리는 훌륭한 부인이오. 이 일로 그녀가 손가락질을 받아선 안 되겠지요."

텍스는 바드 사장과 보안관을 떠밀다시피 하여 옆방으로 갔다. 20분쯤 지난 후에 텍스가 혼자서 돌아왔다. 그리고 피트 노인에게 말하기를, 만일 노인이 연장을 팔아 번 돈을 회사에 반납한다면 다시 한 번 기회를 주기로 했다는 것이었다.

텍스의 엄격한 눈동자가 피트 노인을 똑바로 응시했다.

"보통 때라면 나는 당신의 절도 행위를 신문에 실었을 거요. 하지만 이번엔 빈칸으로 내보내겠소. 만일 당신이 몰리에게 치욕이 되는 짓을 앞으로 한 번이라도 더 한다면 그때는 반드시 신문에 실을 거라는 경고로써 말이오."

그는 얼굴에 슬픈 기색을 지었다.

"사람들은 내가 비어 있는 칼럼을 내보낸다고 미쳤다고들 하지요. 하지만 피트, 당신에게는 그 칼럼이 '사람들은 보통 단 한 번의 실수로 영원히 낙인이 찍히지만 나에게는 고맙게도 두 번째 기회가 주어졌다'는 기억을 일깨워 줄 것이오. 그 칼럼은 또한 당신이 원래 매우 선량하고 정직한 사람이라고 믿고 있는 나의 신념의 상징이기도 하오."

일 년 후 피트 노인이 회사를 퇴직했을 때 텍스는 피트와 몰리를 격려하여 경연 대회에서 입상한 몰리의 과일 잼을 상품화하도록 했다. 과일 잼은 날개 돋친 듯 팔려 그들은 걱정 없이 여생을 보낼 수 있게 되었다. 몰리가 죽었을 때 피트는 텍스에게 감사했다. 그녀는 평생을 불명예라는 말과는 담을 쌓고 살아온 행복한 여인으로 눈을 감을 수 있었던 것이다.

피트로부터 빈 칼럼에 얽힌 진짜 이유를 들은 뒤로 마을 사람들은 텍스에게 존경심을 품게 되었고, 그를 자랑스러워했다. 그리고 그 후에도 무수한 추측 속에 텍스는 그가 죽기까지 열한 번의 빈 칼럼을 더 실었다. 그 빈칸은 물론 영원한 미스터리로 남아 있게 되었다. 나는 그 칼럼의 주인공들이 언제까지나 그 편집장의 믿음과 친절을 배반하지 않는 삶을 살아가기를 빈다.

그는 오해를 받으면서도 해명을 하지 않는 이유를 이렇게 설명했었다.

"나는 내 자신의 가정을 꾸며 본 적이 없었소. 직업 기자로서 전국을 떠돌아다녀야 했으니까요. 그러나 내게도 가족이 생겼소. 바로 빈칸의 주인공들이 나의 가족이자 유산인 셈이오."

《마지막 편지》(바다출판사, 1998)

파멜라 헤넬 Pamela Henel

미국의 심리학자이며, 라디오의 심리 프로그램을 담당하기도 했습니다.

:: 내용 되새기기

1 마을 사람들이 텍스의 신문에서 발견한 이상한 점은 무엇인가요?

2 텍스에 대한 나쁜 소문이 커진 까닭은 무엇인가요?

3 텍스는 왜 오해를 받으면서도 비밀을 지켰나요?

4 빈칸의 비밀을 털어놓은 사람은 누구이며, 왜 진실을 밝혔나요?

:: 생각해 보기

1 실수를 덮어 주고 기회를 주는 것은 왜 중요한가요?

2 다른 사람의 명예를 지켜 주려고 노력한 적이 있는지 생각해 보세요.

더 읽어 보기

타인에 대한 배려를 주제로 한 단편소설 – 폴 빌라드의 〈안내를 부탁합니다〉, 암브로즈 플랙의 〈푸른 십자가〉

아무것도 더
알고 싶지
않았던 사람
피터 빅셀

코뿔소는 무슨 생각이 떠오르면 기뻐서 돌진한다. 우리 안을 두세 바퀴 돌고 나면 그놈은 방금 떠올랐던 생각을 잊어버려 오랫동안 꼼짝 않고 서 있다. - 한 시간이고 두 시간이고 그렇게 서 있다가 - 무슨 생각이 떠오르면 그놈은 또 돌진한다.

"나는 아무것도 더 알고 싶지 않다."라고 아무것도 더 알고 싶지 않았던 사람이 말했다.

아무것도 더 알고 싶지 않았던 그 남자는 "나는 아무것도 더 알고 싶지 않다."라고 말했다.

그것은 경솔한 말이었다.

그것은 경솔한 말이었다.

벌써 전화벨이 울렸다.

그는 아무것도 더 알기를 원하지 않았으니까 전화선을 벽에서 뽑아 버려야 옳았다. 그러나 그는 수화기를 들고 자신의 이름을 말했다.

"안녕하십니까." 하고 저쪽에서 말했다.

이 남자도 역시 "안녕하십니까." 하고 말했다.

"오늘 날씨가 좋습니다." 하고 저쪽에서 말했다.

이 남자는 "나는 그런 것을 알고 싶지 않습니다."라고 말하지 않았다. 그는 심지어 "네, 그럼요. 오늘 참 날씨가 좋습니다."라고 말했다.

그러고 나서 저쪽에서 몇 마디 더 말했다.

그러고 나서 이 남자도 몇 마디 더 말했다.

그러고 나서 그는 수화기를 전화통에 놓았다. 그는 이제 날씨가 좋다는 것을 알게 되었기 때문에 대단히 화가 났다. 그래서 그는 전화선을 벽에서 뽑아 버리고 외쳤다.

"나는 그런 것도 알고 싶지 않다. 나는 그것을 잊어버리겠다."

그것은 경솔한 말이었다.

왜냐하면 창문으로 햇빛이 비쳤고, 창문으로 햇빛이 비치면 날씨가 좋다는 것을 알기 마련이다. 그 남자는 덧문을 닫았다. 그러나 그래도 틈이 난 곳으로 햇빛이 새어 들어왔다.

그 남자는 종이를 가져다 유리창을 모조리 발라 버리고 어둠 속에 앉아 있었다.

그렇게 오랫동안 앉아 있었다. 그러자 그의 아내가 와서 종이로 발라 버린 유리창을 보고 놀라서 물었다.

"이게 무슨 짓이에요?"

"햇빛이 들어오지 못하게 그런 거야."

하고 남편이 말했다.

"그럼 캄캄하게 되잖아요."

아내가 말했다.

"그것이 결점이긴 하지만 그게 차라리 낫지. 왜냐하면 햇빛이 들어오지 못하게 하면 캄캄하기는 하지만 적어도 날씨가 좋다는 것을 알 수 없으니까."

남편이 말했다.

"당신은 날씨가 좋은 것이 싫어요? 날씨가 좋으면 기분이 좋잖아요."

아내가 말했다.

"나는 날씨가 좋은 것을 싫어하지는 않아. 도대체 날씨가 어떻다는 것을 싫어하는 것이 아니야. 나는 다만 날씨가 어떻다는 것을 알고 싶지 않을 뿐이지.”

남편이 말했다.

“그럼 최소한 불이라도 켜세요.”

아내가 이렇게 말하며 스위치를 틀어서 전등을 켜려고 하자 남편은 천장에 달린 전등을 떼어 버리고 말했다.

“나는 그것도 더 이상 알고 싶지 않아. 스위치를 틀어서 전등을 켤 수 있다는 것도 나는 이제 알고 싶지 않단 말이야.”

아내는 울었다.

남편은 말했다.

“말하자면 나는 아무것도 더 알고 싶지 않은 거야.”

아내는 이 말을 이해할 수가 없었으므로 더 이상 묻지 않고 남편을 어둠 속에 내버려 두었다.

그래서 그는 아주 오랫동안 그렇게 머물러 있었다.

찾아오는 사람들이 아내에게 남편 소식을 물었다. 아내는 그들에게 이렇게 설명했다.

“사실을 말하자면 이래요. 그이는 이를테면 어둠 속에 앉아서 아무것도 더 알고 싶지 않다는 거예요.”

“무엇을 이상 더 알고 싶지 않다는 겁니까?”

사람들이 묻자 아내가 말했다.

“아무것도, 도대체 아무것도 더 알고 싶지 않다는 거지요. 그이는 자기의 눈에 보이는 것 — 말하자면 날씨가 어떤가 하는 것조차도 더 이상 알고 싶지 않다는 거예요. 그이는 자기의 귀에 들리는 것—말하자면 사람들이 말하는 것조차도 더 이상 알고 싶지 않다는 거예요. 그이는 자기가 알고 있는 것—말하자면 스위치를 틀어서 전등을 켜는 것조차도 더 이상 알고 싶지 않다는 거예요. 사실을 말하자면 이래요."

하고 아내는 말했다.

"아, 그래요."

사람들은 이렇게 말하고 그 후로는 찾아오지 않았다.

그리고 그 남자는 어둠 속에 앉아 있었다.

그의 아내는 그에게 먹을 것을 갖다 주었다.

그녀가 말했다.

"당신은 무엇을 모르게 되었나요?"

그가 말했다.

"나는 아직도 모든 것을 알고 있어."

그는 아직도 모든 것을 알고 있었기 때문에 매우 슬퍼했다.

그래서 아내는 그를 위로해 주려고 이렇게 말했다.

"하지만 당신은 이제 날씨가 어떻다는 것을 모르잖아요."

"날씨가 어떻다는 것이야 모르지."

하고 남편은 말했다.

"그러나 날씨가 어떨 수 있다는 것을 나는 아직도 여전히 알고 있는걸. 나는 아직도 비가 오는 날을 기억하고 있고, 햇빛이 나는 날을 기억하고 있거든."

"당신은 그것을 잊어버리게 될 거예요."

아내가 말했다.

"그것은 경솔한 말이야. 그것은 경솔한 말이야."

그리고 그는 어둠 속에 머물러 있었다. 아내는 그에게 매일 먹을 것을 갖다 주었다. 남편은 음식 접시를 바라보고 말했다.

"나는 저것이 감자라는 걸 알고 있어. 나는 저것이 고기라는 걸 알고 있어. 나는 꽃양배추도 알고 있어. 모두 소용없는 짓이야. 나는 여전히 모든 것을 알게 될 거야. 내가 하는 모든 말을 나는 알고 있어."

다음번에 아내는 그에게 물었다.

"당신은 무엇을 아직도 알고 있어요?"

그가 말했다.

"나는 그전보다 훨씬 더 많이 알게 되었어. 나는 이제 좋은 날씨가 어떻고 나쁜 날씨가 어떻다는 것뿐만 아니라 날씨를 알지 못하면 어떻다는 것까지 알게 된 거야. 아주 어둡게 되어도, 그 어둠에 눈이 익숙해지면 여전히 사물을 분간할 수 있다는 것도 알게 되었어."

"하지만 이 세상에는 당신이 모르는 것들도 있어요."

아내가 이렇게 말하고 가려고 했다. 그가 그녀를 붙들자 그녀는 말했다.

"이를테면 당신은 '좋은 날씨'를 중국어로 뭐라고 하는지 모르고 있지요."

그리고 그녀는 문을 닫고 나갔다.

아무것도 더 알고 싶지 않았던 그 남자는 곰곰이 생각하기 시작했다. 그는 정말로 중국어를 조금도 몰랐다. "나는 그것도 더 이상 알고 싶지 않다."라고 그는 말할 필요가 없었다. 왜냐하면 그는 그것을 워낙 전혀 모르고 있었기 때문이었다.

"나는 우선 내가 무엇을 알고 싶지 않은가를 알아야만 하겠다."

그 남자는 이렇게 외치고 나서 창문을 열고 덧문을 열어젖혔다. 창밖에는 비가 오고 있었다. 그는 빗속을 바라보았다.

그는 중국어에 관한 책들을 사려고 시내로 나갔다. 돌아와서 그는 몇 주일 동안 이 책들 앞에 앉아서 종이에다 한자를 그렸다.

사람들이 찾아와서 남편 소식을 물으면 그녀는 이렇게 말했다.

"사실을 말하자면 이래요. 그이는 요즈음 중국어를 배우고 있는 거예요. 말하자면 그렇게 된 거예요."

그래서 사람들은 찾아오지 않았다.

중국어를 할 수 있기까지 달이 가고 해가 흘렀다. 마침내 그가 중국어를 할 수 있게 되었을 때 그는 이렇게 말했다.

"나는 여전히 만족할 만큼 알고 있지 못하다. 나는 모든 것을 알아야만 한다. 그런 다음에야 나는 비로소 그 모든 것을 더 이상 알고 싶지 않다고 말할 수 있다. 포도주 맛이 어떤지, 나쁜 포도주 맛은 어떻고 좋은 포도주 맛은 어떤지를 나는 알아야만 한다. 감자를 먹으면 감자를 어떻게 재배하는지 나는 알아야만 한다. 달이 어떻게 생겼는지를 나는 알아야만 한다. 달을 보면서도 나는 오랫동안 달이 어떻게 생겼는지를 모르고 있는 것이다. 또 달에 어떻게 갈 수 있는지도 나는 알아야만 한다. 동물들의 이름과 그 동물들이 어떻게 생겼고 무엇을 하며 어디에 사는지를 나는 알아야만 한다."

그래서 그는 토끼에 관한 책, 닭에 관한 책, 숲 속에 사는 동물들에 관한 책, 곤충들에 관한 책을 한 권씩 샀다.

그리고 코뿔소에 관한 책도 한 권 샀다.

그는 코뿔소가 예쁘다고 생각했다.

그는 동물원에 가서 코뿔소를 찾아보았다. 그놈은 커다란 우리 속에서 꼼짝않고 서 있었다.

코뿔소가 어떻게 생각을 하려고 하며 무엇을 알려고 하는지 그 남자는 자세히 관찰했다. 그리고 코뿔소에게는 생각을 한다거나 안다는 일이 아주 힘든 것임을 알았다.

코뿔소는 무슨 생각이 떠오르면 기뻐서 돌진한다. 우리 안을 두세 바퀴 돌고 나면 그놈은 방금 떠올랐던 생각을 잊어버려 오랫동안 꼼짝 않고 서 있다. 한 시간이고 두 시간이고 그렇게 서 있다가 무슨 생각이 떠오르면 그놈은 또 돌진한다.

그런데 그놈은 언제나 약간 너무 일찍 돌진하기 시작하므로 사실은 아무 생각도 떠오르지 않는 것이다.

"나는 코뿔소가 되고 싶다."라고 그 남자는 말했다.

"그러나 코뿔소가 되기에는 너무 늦었어."

그리고 그는 집으로 돌아와 코뿔소를 생각했다.

그는 코뿔소에 대해서만 말했다.

"나의 코뿔소는 너무 느리게 생각하고 너무 성급하게 돌진하는 거야. 그것이 정말 사실이야."

하고 그는 말했다. 그러면서 그는 더 이상 알고 싶지 않아서 모든 것을 알고자 했던 것을 잊어버렸다.

그리고 그는 옛날이나 마찬가지로 살아갔다.

다만 그가 이제는 중국어도 할 수 있다는 것만 달라진 셈이었다.

《책상은 책상이다》(문장, 1993)

피터 빅셀 Peter Bichsel

1935년 스위스 루체른에서 태어나 13년 동안 초등학교 교사로 재직하였습니다. 1964년 〈블룸 부인은 우유 배달부를 알고 싶어 한다〉를 발표하며 세계적으로 주목받기 시작했으며, 스위스 현대문학을 대표하는 작가로 꼽힙니다. 절제된 문장을 통해 일상의 이야기를 담은 작품들을 주로 선보였습니다. 《책상은 책상이다》, 《여자들은 기다림과 씨름한다》, 《나는 시간이 아주 많은 어른이 되고 싶었다》 등의 작품집을 발표하였습니다.

:: 내용 되새기기

1 아무것도 알고 싶지 않은 남자는 어둠 속에서 무엇을 알게 되었나요?

2 아무것도 알고 싶지 않은 남자는 왜 중국어를 공부하게 되었나요?

3 아무것도 알고 싶지 않은 남자는 왜 자신을 코뿔소와 같다고 생각했나요?

:: 생각해 보기

1 무엇인가를 부정하려면 정확히 알아야 한다는 점을 생각해 보세요.

2 특별한 삶과 평범한 삶의 차이를 생각해 보세요.

더 읽어 보기

피터 빅셀의 또 다른 단편소설 〈책상은 책상이다〉와 산문집 《나는 시간이 아주 많은 어른이 되고 싶었다》

공작 나방

헤르만 헤세

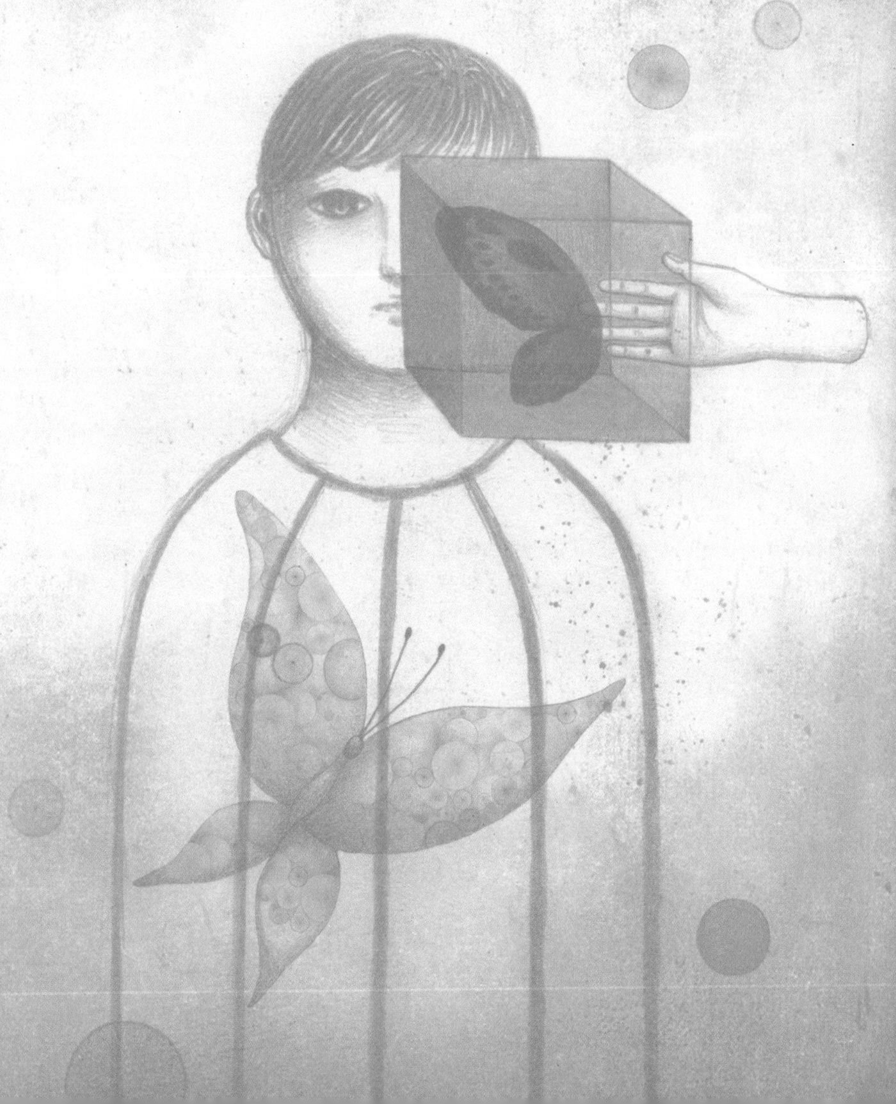

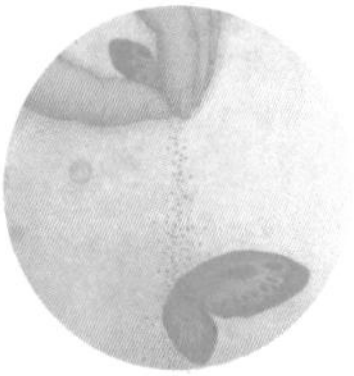

가슴을 두근거리면서 나는 유혹에 끌려 종이쪽을 떼어 내고, 꽂혀 있는 핀을 뽑았어. 그러자 네 개의 커다란 무늬가 그림에서보다도 훨씬 더 아름답게, 훨씬 더 찬란하게 나의 눈앞에 드러났지. 이것을 본 나는, 이 보배를 손에 넣고 싶은 견딜 수 없는 욕망에 그만 난생처음으로 도둑질을 했다네.

모처럼 나를 방문한 친구 하인리히 모어가 저녁 산책을 마치고 돌아와 서재에서 함께 이야기를 나누고 있었다. 해는 저물고 있었다. 창문 너머로는 가파른 언덕으로 둘러싸인 호수가 어둠 속에서 희미하게 보였다. 마침, 내 어린 아들이 밤 인사를 하고 나가지 우리는 자연스럽게 아이들과 어린 시절의 기억에 대해 이야기를 시작했다.

"아이들이 생기고부터는 어릴 때 좋아하던 취미들이 다시 생생하게 되살아나더군. 그래서 한 1년 전부터 나는 나비 수집을 새로 시작했다네. 한번 보겠나?"

그에게 보여 주려고 종이 상자 몇 개를 가지고 돌아와 열어 보았을 때는 나비가 보이지 않을 정도로 날이 어두워져 있었다. 램프를 찾아 불을 켜자 희미하던 창밖의 풍경은 어둠 속에 묻혀 버렸다. 그러나 상자 속의 나비는 밝은 램프 불 아래 빛나는 자태를 드러내었다. 우리는 고개를 숙이고 그 고운 빛깔을 가진 형상들의 이름을 하나하나 불러 가며 천천히 살펴보았다.

내가 말했다.

"여기 이건 노란 밤나방이라네. 학명은 풀미네아(fulminea)라고 하는데, 이곳에서는 매우 드문 종이지."

하인리히 모어는 핀에 꽂혀 있는 나비들 중 한 마리를 상자 속에서 조심스럽게 꺼내어 날개 아랫부분을 살펴보았다.

그가 말했다.

"참 이상하지, 나비를 볼 때만큼 어린 시절의 기억을 불러일으키는 건 없으니 말야."

그는 나비를 다시 제자리에 꽂고 상자 뚜껑을 덮으며 말했다.

"잘 봤네."

약간 딱딱한 어조로 이렇게 말하는 그에게 그 추억은 별로 달갑지 않은 것처럼 보였다.

그가 말했다.

"자네의 수집판을 자세히 보지 않은 것을 기분 나쁘게 생각지 말아 주게. 나도 어릴 때 비슷한 것을 가지고 있었지. 그때의 기억이 떠올라서 기분이 좀 상했다네. 창피하긴 하지만 그 이야기를 들려주지."

그가 램프 덮개를 열어 담뱃불을 붙이고 나서 다시 램프 위에 갓을 씌우자, 우리의 얼굴은 어슴푸레해졌다. 그러고 나서 그가 열려 있는 창문 곁으로 가 앉자 조금 야위고 길쭉한 그의 얼굴은 거의 어둠 속에 묻혀 버렸다. 내가 담배를 피우는 동안 밖에서는 멀리서 들려오는 개구리 울음소리가 밤을 수놓았고, 내 친구는 다음과 같은 이야기를 들려주었다.

내가 나비를 잡기 시작한 건 여덟 살인가, 아홉 살 때쯤이었을 거야. 처음엔 별로 열심이랄 것도 없이, 다른 애들이 다 하니까 나도 해 보는 정도였지. 그런데 열 살쯤 된 두 번째 여름에는 나는 완전히 이 유희에 취미가 생겨서, 이 때문에 다른 일은 전혀 돌보지 않게 되었다네. 주위 사람들은 내가 그것을 못 하도록 말리지 않으면 안 되겠다고 걱정을 할 정도였어. 나비를 잡는 데 열중하면, 학교의 수업 시간도, 점심도 잊어버리고, 탑시계가 우는 것도 귀에 들어오지 않았지. 학교를 쉬는 날은 빵 한 쪽을 호주머니에 넣고는, 아침 일찍부터 밤늦게까지, 끼니때에도 돌아오지 않고 뛰어다니곤 하였다네.

지금도 아름다운 나비를 보면, 이따금 그때의 열정이 몸에 스미는 듯 느껴진다네. 그럴 때면, 나는 잠시 어린아이만이 느낄 수 있는, 뭐라고 표현할 수 없는 황홀한 심정에 사로잡히곤 하지. 그 소년 시절에 처음으로 노랑나비를 찾아냈던 그때의 기분 그대로를 느낄 수 있는 것이야. 또, 그럴 때면 홀연히, 어린 날의 무수한 순간들이 떠오른다네. 풀 향기가 코를 찌르는 메마른 벌판의 찌는 듯이 무더운 낮과, 정원 속의 서늘한 아침과, 신비스런 숲 속의 저녁 때, 나는 마치 보물을 찾아 헤매는 사람처럼 포충망을 들고 나비를 노리고 다녔어. 그리하여 아리따운 나비를 발견하면 — 특별히 진귀한 것이 아니라도 좋았지. 햇볕 아래 졸고 있는, 꽃 위에 앉아서 빛깔이 고운 날개를 호흡과 함께 드러내고 있는 것을 보면 — 그것을 잡는 기쁨에 숨이 막힐 지경이 되어, 가만가만 다가서곤 했어. 반짝이는 반점 하나하나, 날개 속에 드러난 맥줄 하나하나, 가는 촉각의 갈색 잔털 하나하나가 눈에 뚜렷이 보이면, 그 긴장과 환희란 이루 다 말할 수가 없었다네. 그때의 그 미묘한 기쁨과 거센 욕망의 교차는 그 뒤엔 자주 느낄 수 없었지.

부모님께서 훌륭한 도구는 하나도 마련해 주시지 않아서, 나는 내가 잡은 나비들을 헌 종이 상자에다 간추려 두는 수밖에 없었다네. 병마개에서 뽑은 동그란 코르크를 밑바닥에 다 발라 붙이고, 그 위에 핀을 꽂아 두었어. 이렇게 초라한 나의 수집물을 친구들에게 즐겨 보여 주기도 했지만, 친구들이 가진 도구는 대개 유리 뚜껑의 나무 상자에 푸른빛 가제를 친 사육 상자와 그 밖에 여러 가지 화려한 것들이었기에, 내가 가진 초라한 설비를 더 자랑할 수가 없게 되었지. 뿐만 아니라, 극히 마음에 흡족하고 희귀한 나비가 손에 들어와도, 남에게는 비밀로 하고, 내 누이들에게만 이것을 보여 주곤 했어. 그러던 어느 날, 나는 우리 고장에서 보기 드문 푸른 날개의 나비를 잡았다네. 날개를 펴서 그것을 말린 다음에, 나는 하도 마음에 흡족하고 자랑스러워, 꼭 이웃집 아이에게만은 보여 주리라고 생각했지. 이웃집 아이란, 뜰 건너편 집에 사는 교원의 아들 에밀이었어. 이 소년은 흠을 잡을 수 없을 만큼 뛰어난 녀석이었지만, 아이로서는 어딘지 못마땅한 데가 있었어. 그의 수집물은 그리 대단치는 않았으나, 수집물을 깨끗하고 정확하게 정리하는 솜씨만은 놀랄 만하였지. 게다가 그는, 나비의 날개를 풀로 이어 맞추는, 남이 잘 하지 못하는 아주 어려운 기술을 가지고 있었다네. 어쨌든 모든 점에서 그는 모범 소년이었어. 그 때문에 나는 그에게 몹시 감탄하면서도, 속으로는 그를 미워했던 게지.

나는 이 소년에게 푸른 날개의 나비를 보여 주었다네. 그는 무슨 전문가나 되는 듯이 그것을 감정하고 나더니, 희귀한 것임을 자기도 인정하면서, 십 전짜리 값은 된다고 하였지. 그러나 그는 이내 트집을 잡기 시작하여, 날개를 편 방식이 나쁘다느니, 오른쪽 촉각이 비틀어졌다느니, 왼쪽 촉각이 뻗어 있다느니, 그 위에 다리가 두 개 떨어졌나느니 하며, 제법 그럴듯한 결함을 늘어놓았어. 나는 그러한 결점을 그다지 대단한 것이라고는 생각지 않았으나, 그의 혹평으로 하여 내 푸른 날개의 나비에 대한 기쁨은 다분히 허물어졌고, 그래서 나는 두 번 다시 그에게 수집물을 보여 주지 않았다네.

이태가 지나서 우리는 꽤 머리가 굵은 소년이 되었는데, 그때도 나의 나비 잡는 것에 대한 열정은 변함이 없었어. 그때, 이웃집 에밀이 점박이를 잡았다는 소문이 퍼졌지. 나는 이 말을 들은 때만큼 흥분한 적이 없었다네. 내가 아는 친구들 중에는 아직 점박이를 잡은 아이가 없었고, 나 역시 내가 가진 낡은 책에서 그림으로만 보았을 뿐이었으니까. 그 이름을 알면서도 아직 잡아보지 못한 것 중에서 나는 점박이를 어느 것보다도 가지고 싶어 했어. 몇 번이고 나는 책 속의 그림을 들여다보았다네.

한 친구는 내게 이런 말을 했어. 나무둥치나 바위에 앉아 있는 이 갈색 나방은, 자기에게 새나 다른 짐승이 덤벼들려고 하면 거무스름한 앞날개를 펼치고 아름다운 뒷날개를 드러내 보일 뿐인데, 그 빛나는 커다란 무늬가 매우 이상한 모양을 나타내므로, 새는 겁을 먹고 함부로 덤비지 못한다고…….

에밀이 이 이상한 나방을 가졌다는 소문을 듣고부터 나의 흥분은 절정에 이르러, 그것을 꼭 한번 보고 싶어 견딜 수 없었다네. 나는 식사 뒤 틈을 얻어 곧 뜰을 건너서 이웃집 4층으로 올라갔어. 이 4층에 교원의 아들 에밀은 작으나마 제 방을 하나 차지하고 있었는데, 그것이 내게는 얼마나 부러웠는지……. 방으로 가는 도중에 나는 아무도 만나지 않았어. 문을 두드려 보았지만 아무런 대답이 없었다네. 에밀이 없는 듯해서 문의 손잡이를 돌려 보니, 문은 잠겨 있지 않았어.

어쨌든, 실물을 한번 보리라는 생각에 나는 안으로 발을 들여놓았어. 그리고 에밀이 나비를 간직한 두 개의 커다란 상자를 살펴보았는데, 어느 상자에도 점박이는 들어 있지 않았어. 그런데 문득 날개판에 올려져 있을지도 모른다는 생각이 들어 찾아보니, 과연 생각한 대로였지. 갈색 비로드 날개가 길쭉한 종이쪽 위에 펼쳐진 채 날개판에 걸려 있었어. 나는 그 앞에 허리를 굽히고서, 털이 돋친 적갈색의 촉각과, 그지없이 아름다운 빛깔을 띤 날개의 선과, 밑 날개 안쪽 선이 있는 양털 같은 털을 바로 곁에서 들여다볼 수 있었다네. 그러나 그 유명한 무늬만은 보이지 않았어. 종이쪽에 가려져 있었지. 가슴을 두근거리면서 나는 유혹에 끌려 종이쪽을 떼어 내고, 꽂혀 있는 핀을 뽑았어. 그러자 네 개의 커다란 무늬가 그림에서보다도 훨씬 더 아름답게, 훨씬 더 찬란하게 나의 눈앞에 드러났지. 이것을 본 나는, 이 보배를 손에 넣고 싶은 견딜 수 없는 욕망에 그만 난생 처음으로 도둑질을 했다네. 점박이는 벌써 말라 있어서, 손을 대는 정도로는 형체가 일그러지지 않았어. 나는 그것을 손바닥 위에 받쳐 들고 에밀의 방을 나왔다네. 그때 나는, 어떤 커다란 만족감 이외에 아무 생각도 없었지.

나는 나방을 오른손에 감추고 층계를 내려오는데 그때, 아래편에서 위로 올라오는 발소리가 났어. 순간, 나는 내가 비겁한 놈이란 것을 깨달았다네. 그와 동시에, 들키면 어쩌나 하는 무서운 불안에 사로잡혀, 나는 본능적으로, 나방을 감춘 손을 그대로 양복저고리 주머니 속에다 찔러 넣었어. 그리고 천천히 발을 떼어 놓았어. 그러면서 속으로, 해서는 안 될 일을 했다는 부끄러운 생각에 가슴이 서늘해졌지. 나는 이내 올라온 하녀와 어물어물 엇갈려서, 가슴을 두근거리고 이마에 땀을 흘리며, 침착을 잃고 벌벌 떨며 현관에 우뚝 섰어.

이 나방을 가져서는 안 된다, 될 수만 있으면 그전대로 돌려놓아야겠다, 나는 이런 생각으로 마음이 괴로웠다네. 그리고 혹시 사람의 눈에 뜨이지나 않을까 조마조마해 하면서 날쌔게 발을 돌려 층계를 뛰어올라, 일 분 후에는 다시 에밀의 방 가운데서 있었지. 나는 주머니에서 손을 뽑아 나방을 책상 위에다 꺼내놓았지. 나는 그것을 보기 전에 벌써 어떤 불행한 일이 생겼다는 것쯤은 미리 짐작했었어. 그저 울고 싶은 생각뿐이었지. 아니나 다를까, 나방은 보기 싫게 망그러져서 앞날개 하나와 촉각 한 개가 떨어져 버렸어. 떨어진 날개를 조심스레 주머니 속에서 끄집어내려고 하니까, 그나마 산산이 바스러져서 이제는 이어 붙일 수조차 없게 되었지. 도둑질을 했다는 사실보다도, 그 아름답고 찬란한 나방을 내 손으로 망그러뜨렸다는 사실이 나로서는 더 괴로운 일이었다네. 날개의 갈색 분이 온통 나의 손끝에 묻은 것을 보았지. 그리고 또, 날개의 바스러진 조각들이 책상 위에 이리저리 흩어진 것을 보았어. 그것을 완전히 원형대로 돌려놓을 수만 있다면, 나는 그 대신, 내가 가진 어떤 물건이나 어떤 즐거움도 기꺼이 버릴 수 있었을 거야.

그지없이 슬픈 기분으로 집에 돌아와, 나는 하루 종일 좁은 뜰 안에 주저앉아 있었지. 그러다가 마침내 나는 용기를 내어, 모든 일을 어머니에게 말씀드렸다네. 어머니는 놀라움과 슬픔에 잠겨 어찌할 줄을 모르셨지만, 이 나의 고백이, 얼마나 어려운 고민 끝에 나왔는지를 충분히 짐작하시는 것 같았어.

"지금 곧 에밀에게 가거라."

어머니는 한마디로 잘라 말했다네.

"에밀을 찾아가서 사실을 고백하고 용서를 빌어라. 그 밖에는 다른 길이 없다. 네가 가진 것 중에서 어느 하나를 대신 가지라고 말해 보렴. 그리고 용서를 빌어야지."

만일에 모범 소년인 에밀이 아니고 다른 친구였다면, 나는 용서를 비는 것쯤 서슴지 않았을 거야. 그가 나의 고백을 이해해 준다거나 나의 사과를 믿어 주지 않을 것을 나는 미리부터 잘 알고 있었지. 그럭저럭 밤이 되었으나, 나는 그때까지도 그를 찾아

갈 용기를 얻지 못한 채 주저하고만 있었어. 어머니는 내가 뜰에 있는 것을 보고 나직한 소리로 말씀하셨어.

"오늘 중으로 갔다 와야 해. 지금 곧 가거라."

나는 에밀을 찾아갔다네. 그는 나를 만나자 곧 점박이에 관한 말을 꺼냈어. 누가 그랬는지 점박이를 아주 못쓰게 만들어 놓았다고 하면서, 사람의 소행인지 혹은 고양이가 그랬는지 알 수 없는 일이라고 말하더군. 나는 그 나방을 좀 보여 달라고 청했고, 우리는 방으로 올라갔어. 그는 촛불을 켰지. 못쓰게 된 그 나방이 날개판 위에 올려져 있었어. 에밀이 그 날개를 손질하느라고 무척 고심한 흔적이 역력했다네. 그는 날개의 조각들을 정성껏 주워 모아서 작은 압지 위에 펴 놓았어. 그러나 그것은 도저히 본디 모양으로 바로잡힐 가망은 없었고, 촉각도 떨어진 그대로였어. 나는 그제야 그것이 나의 소행인 것을 밝혔다네. 그랬더니 에밀은 격분하지도, 큰 소리로 꾸짖지도 않고, 혀를 차며 한동안 나를 지켜보다가, 나직한 소리로,

"알았어. 말하자면 너는 그런 자식이란 말이지?"

라고 하더군.

나는 그에게 내 장난감을 모두 주겠다고 했어. 하지만 그는 듣지 않고 냉담하게 도사리고 앉아, 여전히 나를 비웃는 눈으로 지켜보고만 있었으므로, 이번에는 내가 수집한 나비를 전부 주겠다고 했지.

"뭐, 그렇게까지 하지 않아도 좋아. 나는 네가 모은 것들이 어

떤 것인지 잘 알고 있어. 게다가 오늘은 너의 나비 다루는 성의가 어떻다는 것을 알 만큼은 알았어."

그 순간, 나는 녀석의 멱살을 움켜쥐고 늘어지고 싶었어. 이제는 아무런 도리가 없음을 알았다네. 나는 아주 나쁜 놈으로 결정이 나고, 에밀은 천하에 정직한 사람이 되어, 정의를 방패로 삼아 냉정하고 모멸적인 태도로 내 앞에 버티고 있었어. 그는 욕설을 늘어놓지도 않았고 다만, 나를 바라보면서 경멸할 따름이었지.

그때 나는 비로소, 한번 저지른 일은 어떻게도 바로잡을 도리가 없다는 것을 깨달았다네. 나는 그 자리를 물러나서 힘없이 집으로 돌아왔어. 어머니가 어떻게 되었느냐고 묻지도 않으시고, 나에게 키스만을 하고 내버려 두는 것이 고마웠지. 어머니는 나더러 그만 잠자리에 들라고 하셨어. 여느 날보다는 시간이 늦어진 편이기는 했지. 그러나 나는 잠자리에 들기 전에 가만히 식당으로 가서, 갈색의 두껍고 커다란 종이 상자를 찾아 가지고 와서 침대 위에 올려놓고, 어둠 속에서 뚜껑을 열었어. 그리고 그 속에 든 나비들을 끄집어내어 손끝으로 비벼서 못 쓰게 가루를 만들었다네.

《나비》(범우사, 1999)

헤르만 헤세 Hermann Hesse

독일의 소설가이자 시인입니다. 1877년 독일 남부에서 태어나 1946년 노벨문학상을 받았습니다. 〈데미안〉, 〈싯다르타〉, 〈지와 사랑〉, 〈유리알 유희〉 등의 작품을 남겼습니다.

:: 내용 되새기기

1 '나'는 왜 나비 수집에 열광하였나요?

2 '나'가 에밀에 대해 감탄하면서도 속으로 미워한 까닭은 무엇인가요?

3 에밀의 점박이 나비는 왜 망가지고 말았나요?

4 '나'의 나비들을 모두 부셔 버린 까닭은 무엇일까요?

:: 생각해 보기

1 '나'가 돌이킬 수 없는 큰 실수를 통해 깨달은 점은 무엇인가요?

2 실수를 통해 성숙해지는 까닭은 무엇일까요?

더 읽어 보기

헤르만 헤세가 쓴 단편소설 – 〈데미안〉, 〈아우구스투스〉, 〈청춘은 아름다워라〉

나의 소설 읽기 수업

모두가 책을 읽고 있는 아름다운 풍경

진도에 쫓겨 쩔쩔매는 국어 시간에 책 읽는 시간을 준다는 것이 무리한 일이라고 생각하는 교사들이 많을 것이다. 나도 오랫동안 그런 엄두를 내지 못했다. 그러나 교과서를 모두 다 배웠다고 해서 아이들이 달라진 것이 없다는 것을 깨달으면서부터는 진도 따라가기의 족쇄에서 벗어나야겠다는 생각을 하게 되었다. 오랜 세월 우리는 단편적인 잡다한 지식을 아이들의 머릿속에 집어넣으려고 그렇게도 애써 왔다. 그 결과 아이들의 말하고, 듣고, 읽고, 쓰는 국어 능력은 전혀 향상되지 않았던 것이다.

아이들에게 책을 읽는 훈련을 시켜, 스스로 찾아서 읽고 내용을 스스로 파악하고 분석하고 비판하는 능력을 기르는 일이 읽기 영역의 목표이고, 이 능력을 향상시키기 위해 노력하는 것이 교사의 임무이다. 말로만 읽기 지도, 독서 지도였지 실제로 국어 시간에 단 한 시간이라도 책을 스스로 읽는 시간을 준 적이 있는지, 혹은 공동으로 작품을 읽고 그에 대해서 토론하거나 비판해 본 일이 있는지를 되짚어 보면 참 한심한 국어 시간이었던 것이다.

국어 시간에 책을 읽는 습관과 태도를 길러 주기 위해서 나는 교과서도 혼자 읽고 내용을 분석해 보고 혼자 요약하는 수업을 하곤 한다. 처음에는 같이 하다가 뒤로 갈수록 혼자 하는 연습을 시키는 것이다. 그리고 자주 글을 읽는 시간을 갖는다. 특히 소설 읽기 시간은 아주 좋다. 여기에 실린 소설들은 나의 국어 시간에 오랫동안 단골 메뉴로 읽혀 온 작품들이다. 대개 여러 잡지나 책에 실렸던 소설들이다. 짧고 재미있고 감동적인 이 소설들은 우리의 삶을 되돌아보게 해 준다. 읽기의 재미와 생각하는 재미를 듬뿍 느낄 수 있기 때문이다.

나는 이 소설들을 한두 편씩 나누어 주고 또 남은 수십 편의 소설들을 교탁 위에 놓아 둔다. 아이들은 자기에게 주어진 작품들을 모두 읽고 나서 교탁 위에 놓인 소설들과 바꾸어 간다. 적어도 한 시간에 대여섯 편의 소설을 읽을 수 있고, 두 시간 연속일 때는 열 편 가까이 읽기도 한다. 때로는 아이들의 소설 작품을 모아 둔 글모음집을 읽게 하기도 하고, 학생글로 배우는 글쓰기 방법 책인 《7년간의 실수》를 나누어 주어 읽게 한다. 그리고 아이들 곁에서 나도 책을 읽는다. 창밖에는 아름다운 벚꽃이 우수수 떨어지고, 운동장에서는 선생님의 구령에 맞춰 체조를 하는 소리가 들리는데 모든 아이들이 책을 들고 몰두해 있는 풍경을 상상해 보라. 이보다 더 아름답고 국어 시간다운 순간을 나는 본 적이 없다. 두레별로 연구를 하고 발표를 하는 말하기 시간이나 교과서 글의 문단을 나누고 요약을 하는 시간들도 국어 시간답지만, 모두가 책을 읽는 이 평화로운 국어 시간을 나는 사랑한다. 나는 국어 시간에 내가 하는 이야기를 좀 더 줄이려고 노력한다. 그 대신 아이들이 더 많이 이야기할 수 있는 기회를 주려고 한다. 그러나 그보다 아이들이 조용히 책을 읽는 시간을 더 많이 주려고 노력하고 있다. 이 읽기 시간만큼은 아무도 떠들지 않는다. 늘 산만하고 수업 태도가 안 좋던 아이들까지도 제법 독서삼매에 빠져 진지한 표정을 짓고 있는 것을 보노라면 슬며시 가슴이 뜨거워진다.

소설 읽기가 이렇게 재미있는 줄 몰랐어요.

요즈음 문화 풍토가 속도전에 휩싸인 탓일까? 장편소설이나 전

기소설보다 실화를 중심으로 한 짤막한 이야기들을 담은 책들이 많이 읽히고 있다. 학생들이 소설을 읽지 않는 이유 중의 하나는 아마 소설이 길고 복잡한 것이라고 여겨서일 것이다. 일단 읽기 시작해서 소설의 전개에 몰입하기까지가 가장 어려운 과정이다.

그러므로 시든 소설이든 먼저 학생들이 재미를 느낄 만한 작품을 선택하는 것이 중요하다. 그래서 나는 시 수업을 할 때도 교과서의 시를 먼저 공부하지 않는다. 쉽고 재미있는 학생들의 작품을 먼저 읽힌다. 그 다음에 작가의 작품을 읽히고 그 다음에야 교과서의 내용을 읽게 한다.

소설 읽기를 지도할 때도 가능하면 학생들이 쓴 좋은 소설을 읽게 하는 것이 좋다. 아이들은 자신의 생각과 경험이 비슷한 학생들의 글에 굉장한 흥미를 느끼기 때문이다. 또 작가의 작품을 읽힐 때도 쉽게 읽을 수 있는 짧은 소설로부터 먼저 시작하여 점차 긴 소설을 권하는 것이 좋다. 짧고 감동적이며 삶의 진실을 다룬 소설로 맛을 들인 다음 조금 긴 단편이나 중편소설을 읽도록 하고, 그 다음 장편이나 대하소설을 읽도록 한다면 소설 읽기에 흥미를 느끼게 될 것이다. 중요한 것은 아이들이 책 읽기의 즐거움을 맛보게 한다는 데 있다. 책 읽기에 즐거움을 느낀다면 그 다음은 당연히 스스로 책을 골라서 읽고 싶어 하게 될 것이 아닌가?

내가 준 소설들을 읽다가 문득 눈이 부신 듯 고개를 든 한 학생이 "소설 읽기가 이렇게 재미있는 줄 몰랐어요."라고 말할 때, 교사의 백 번 설명보다 한 번 읽기 시간을 주는 것이 더 중요하다는 것을 다시 깨닫는다.

소설을 읽고서 해 보는 다양한 수업

1. 소설 감상문 쓰기

여러 편의 짧은 소설을 읽고서 가장 마음에 드는 소설을 골라 줄거리를 요약하고 자신의 생각과 느낌을 덧붙여 쓰는 것은 가장 평범하면서도 소중한 글쓰기 수업이다. 좋은 소설은 아이들의 정서를 순화시키고 풍부하게 만들어 준다. 자신들이 쓴 글을 돌아가면서 발표해 보면, 똑같은 글을 읽고도 얼마나 다르게 바라볼 수 있는지를 발견하게 되는 경우가 많다. 작품을 자신의 삶과 견주어 보도록 하기 때문이다. 그만큼 아이들이 겪는 삶의 아픔이나 경험도 다양하다. 소설을 읽고서 해 볼 수 있는 일도 많지만, 그래도 감상이나 느낌을 쓰거나 말하는 훈련은 읽기의 가장 기초적인 훈련이므로 많이 할수록 좋다.

2. 소설 속 등장인물의 성격 분석하기

소설 감상문 쓰기가 단순하다면 소설에 따라서 좀 더 세분화하여 분석하는 훈련도 좋다. 인물의 성격을 통해 인물 간 갈등의 원인을 찾게 하거나 인물을 비판하는 글을 써 보도록 할 수 있다. 이런 방법은 청문회나 모의 재판식 수업의 기초가 된다.

3. 이어 쓰기

교과서에 나오는 〈소나기〉나 〈사랑손님과 어머니〉 같은 소설들로 하는 후편 쓰기 수업은 이제 하나의 전통적인 소설 쓰기 수업 방법이 되다시피 했다. 다른 작품들을 가지고도 얼마든지 상상력을 발휘할 수 있다.

4. 시점 바꾸기나 갈래 바꾸어 다시 쓰기

주인공을 바꾸거나 서술자의 시점을 바꾸어 소설을 전개해 보는 것은 매우 창의적인 소설 수업이 될 수 있다. 또는 내용을 만화로 그리거나 희곡으로 만들어 연극으로 공연해 보는 것은 아이들에게 잠재되어 있는 창의적인 능력을 한껏 끌어낼 수 있다.

5. 영상 소설, 입체 소설로 만들기

소설의 내용을 작게 나누어 그림을 그리고 슬라이드로 찍어 환등한다. 그리고 배경음악을 깔고 소설을 낭독하여 만든 테이프를 틀어 주면 영상 소설이 된다. 국어교사모임에서 여러 번 소개된 입체 수업이다. 문자로 된 소설을 아이들의 상상력이 가미된 영상과 함께 감상하므로 새로운 맛이 난다.

6. 소설 창작

가장 난이도가 높고 감동적인 수업은 역시 아이들의 순수 창작 소설의 생산에 있다. 자신의 삶과 체험을 바탕으로 해서 재구성된 학생 소설들은 어떤 기존 작가의 작품보다도 좋다. 시를 쓰는 시간과 마찬가지로 자신이 한 편의 소설을 완성시켰다는 것에 대한 아이들의 성취감이 높다. 물론 충분한 시간을 주어야 하며, 여러 차례 교사의 조언과 지도가 요구된다. 완성된 소설들을 묶어 소설집을 내면 금상첨화이다.

국어시간에 소설읽기 1

1판 1쇄 발행일 1998년 11월 17일
개정판 1쇄 발행일 2012년 4월 9일
2판 1쇄 발행일 2020년 3월 9일
2판 7쇄 발행일 2023년 2월 20일

엮은이 김은형

발행인 김학원
발행처 (주)휴머니스트출판그룹
출판등록 제313-2007-000007호(2007년 1월 5일)
주소 (03991) 서울시 마포구 동교로23길 76(연남동)
전화 02-335-4422 **팩스** 02-334-3427
저자·독자 서비스 humanist@humanistbooks.com
홈페이지 www.humanistbooks.com
유튜브 youtube.com/user/humanistma **포스트** post.naver.com/hmcv
페이스북 facebook.com/hmcv2001 **인스타그램** @humanist_insta

편집책임 문성환 **편집** 윤무재 **디자인** 김태형 박인규 **일러스트** 아이완(황은주)
용지 화인페이퍼 **인쇄** 청아디앤피 **제본** 민성사

ISBN 979-11-6080-337-2 44810
979-11-6080-336-5 (세트)